Jakob Hein

Der Alltag der Superhelden

PIPER

Zu diesem Buch

In seinen Märchen für anders begabte Erwachsene taucht Jakob Hein in das Universum von Kindern ein und beschreibt aus deren Perspektive das eigentümliche Verhalten der Eltern. Daraus entstehen eigenartige und skurrile Geschichten, bei denen die Eltern manchmal gar nicht gut wegkommen. Da lädt der kleine Josef den am Nordpol in einer Bruchbude hausenden Weihnachtsmann zu sich nach Hause ein, um dort zu wohnen, weil er die Erfahrung gemacht hat, dass sich dann die Eltern weniger streiten. Und Linus holt den Pizzamann in die Wohnung, damit seine Mutter nicht länger traurig sein muss. Und da gibt es Herrn Johannson, der im Auftrag der schwedischen Regierung für einen Reiseführer in der kleinen Ortschaft Teterow so gründlich forscht, dass er sich in der Recherche verliert. – Moderne Märchen mit hintergründigem und spitzem Humor.

Jakob Hein, geboren 1971 in Leipzig, wuchs in Berlin auf, wo er heute als praktizierender Arzt mit seiner Frau und seinen beiden Söhnen lebt. Neben den Bestsellern »Mein erstes T-Shirt«, »Formen menschlichen Zusammenlebens« und »Herr Jensen steigt aus« erschienen unter anderem von ihm sein autobiografisches Familienporträt »Vielleicht ist es sogar schön«, »Gebrauchsanweisung für Berlin«, »Antrag auf ständige Ausreise«, »Der Alltag des Superhelden«, »Vor mir den Tag und hinter mir die Nacht« und zuletzt der Roman »Liebe ist ein hormonell bedingter Zustand«.

Jakob Hein

Der Alltag der Superhelden

Märchen für anders begabte Erwachsene

Piper München Zürich

Mehr über unsere Autoren und Bücher:
www.piper.de

Von Jakob Hein liegen bei Piper vor:
Mein erstes T-Shirt
Formen menschlichen Zusammenlebens
Vielleicht ist es sogar schön
Herr Jensen steigt aus
Gebrauchsanweisung für Berlin
Antrag auf ständige Ausreise
Vor mir den Tag und hinter mir die Nacht
Der Alltag der Superhelden
Liebe ist ein hormonell bedingter Zustand

FSC
Mix
Produktgruppe aus vorbildlich bewirtschafteten
Wäldern und anderen kontrollierten Herkünften
www.fsc.org Zert.-Nr. GFA-COC-001223
© 1996 Forest Stewardship Council

Ungekürzte Taschenbuchausgabe
Piper Verlag GmbH, München
Februar 2010

Umschlaggestaltung: semper smile, München
Umschlagabbildung: Nikolaus Heidelbach / Edition TIAMAT
Autorenfoto: Nelly Rau-Häring
Papier: Munken Print von Arctic Paper Munkedals AB, Schweden
Druck und Bindung: CPI – Clausen & Bosse, Leck
Printed in Germany ISBN 978-3-492-25440-3

Inhalt

Blümchentapete und Rauhfasersex

Mein wildes Leben

DAS LEBEN EINES SUPERHELDEN können sich viele nur schemenhaft vorstellen. Ich bin kein eitler Mensch und deshalb gern bereit, von meinem zu erzählen. Bei den anderen Superhelden läuft ein Tag sicherlich so ähnlich wie bei mir ab.

Morgens penne ich erst mal aus, mindestens bis fast halb acht. Ich wache einfach so auf, ohne Probleme. Ich habe keinen Kater, den kenne ich höchstens als Tier oder aus Erzählungen anderer. Dann schnelle ich aus meinem Bett empor und bin schon im Bad, denn Müdigkeit verspüre ich gar nicht mehr. Die Dusche spendet sofort Wasser in genau der richtigen Temperatur, warm, aber nicht zu heiß. Auch der Strahl hat die richtige Stärke, plätschert nicht, aber tut auch nicht weh auf der Haut. Zwar tut meiner Super-Haut sowieso nichts weh, aber angenehm ist es ja trotzdem irgendwie. Meine Haut trocknet auch beim Duschen nie aus und so.

Dann Haare waschen. Die Shampoo-Flasche steht sofort in greifbarer Nähe, ich finde sie, ohne hinzuschauen. Wie von selbst fließt genau die richtige Menge Haarwaschmittel in meine Hand, auch nichts zwischen den Fingern durch oder so. Wenn ich meine makellosen Haare aber erst mal eingeseift habe mit meterdickem Schaum wie in der Werbung, dann fließt nichts mehr. Besonders kommt auch niemals Shampoo in meine Augen und brennt. Nichts da.

Am Ende dusche ich noch ein bisschen mit eiskaltem Wasser. Aber nicht so lange, höchstens so drei, vier Minuten. Das ist für mich nur erfrischend, kalt nenne ich das gar nicht mal. Mein Handtuch hängt in Griffweite, ist eigentlich immer absolut trocken, trotzdem flauschig und zufällig sogar immer angewärmt. Dank des Anti-Blockier-Systems in meinen Fußsohlen kenne ich Ausrutschen in der Badewanne nur vom Hörensagen.

Da meine ganze Wohnung sehr gut geheizt ist, schlendere ich ganz langsam durch den Flur, die Bibliothek, das Esszimmer und den Salon in mein Ankleidezimmer. Dort liegen lauter frisch gewaschene Sachen für mich bereit. Sie sind geschmackvoll ausgesucht und farblich abgestimmt. Sogar wenn mal ein T-Shirt von gestern ist, dann hat eine von meinen ergebenen Dienerinnen schon unter den Ärmeln gerochen, um zu entscheiden, »ob es noch geht«.

Eine andere meiner possierlichen Gesellinnen ist schon unterwegs gewesen, um mir frische Croissants aus Paris mitzubringen. Sie arbeitet wohl als Stewardess oder so. Dazu trinke ich zwei, drei Tassen heißen, starken Kaffee, ganz ohne Milch und Zucker. Den vertrage ich nämlich sehr gut, auch wenn ich nicht süchtig bin.

Nun ist es aber Zeit, zum Büro zu gehen. Auch wenn es gar keine Zeit gibt, zu der ich auf der

Arbeit sein muss. Ich habe natürlich keinen Chef oder so, der total ausflippt, wenn ich auch nur fünf Minuten zu spät komme. Ich habe als Superheld noch nicht einmal ein Büro.

Und weil ich so cool bin, muss ich natürlich nicht die Straßenbahn um elf vor und dann den Bus vier nach nehmen oder mich mit dem Fahrrad abstrampeln. Nein, ganz lässig klemme ich mich hinter das Lenkrad meines 91er VW Polo. Dafür hätte jemand mit weniger Geld vielleicht 17 Monate lang immer 250 Mark sparen müssen, aber für mich war das kein Problem. Ich bin einfach rein in den Autoladen und habe gesagt: »Geben Sie mal den Polo, an dem sich das Volk gerade die Nase platt drückt und die Sparraten ausrechnet.« Das Geld auf den Tisch, ins Auto und losgebraust war alles eins. Mit einer Gangschaltung fahren kann ich nämlich auch.

Herrenjahre sind auch nicht das Wahre

DAS LAUTE FLATTERN des roten Umhangs im Flugwind war das einzige Geräusch. Die leuchtend rote Seide floss sich windend vom Hals und schwang elegant im Wind. Nur unten, am mehrfach eingefassten Saum musste diese harmonische Bewegung jäh enden, und wie aus Wut über die Endlichkeit des schönen Stoffs peitschte sie den Wind mit lautem Knall. Aber niemand konnte es hören, fünfhundert Meter Flughöhe über dem Meeresspiegel. Der blaue Overall lag hauteng an und zeigte dadurch mehr als er verbarg: einen muskulösen Körper, der eindeutig als männlich zu identifizieren war. Wäre er eine Frau, er hätte sich selbst vollkommen verrückt gemacht. Er war einfach unglaublich sexy. Und er war sehr klug. Er kannte alle Primzahlen auswendig. Und er war sehr stark. Er hatte schon einmal einen kompletten Planeten wieder in seine Bahn gerückt. Und er konnte sehr gut sehen. Er erkannte einen Verbrecher auch durch meterdicke Betonwände hindurch. Und er war gut. Weil er war gegen alles Böse. Und er war bescheiden. Weil, ach, er wollte jetzt nicht prahlen. Er war eben alles Wahre, Gute, Schöne, Menschliche, gleichzeitig war er noch so viel mehr. Kurzum, er war Superman. Und er hätte recht zufrieden sein können. Im Vergleich zu vielen anderen ging es ihm doch Gold. Und trotzdem hätte jemand anders, der ihn in fünfhundert Meter Flughöhe beobachten hätte können, ein paar Falten auf seiner Stirn ausmachen können.

Waren das Sorgenfalten? Die Stadt war ruhig, die Verbrecher meistens im Gefängnis. Nach seinen Berechnungen, und man musste ehrlicherweise sagen, dass seine Berechnungen meistens zu hundert Prozent stimmten, wobei meistens in dem Fall auch mit hundert Prozent zu übersetzen war, kurzum: er wusste, dass die ersten Verbrecher erst wieder in frühestens zwei Monaten aus dem Gefängnis ausbrechen, kurzzeitig die Stadt in Angst und Schrecken versetzen und sich dann wieder von ihm einfangen lassen würden. Man kannte sich jetzt schon seit so vielen Jahren und es hatte sich eine sehr sachliche Zusammenarbeit entwickelt. Schließlich machte man sich ja nicht direkt gegenseitig Konkurrenz. Die Verbrecher begingen Verbrechen und Superman fing Verbrecher. Irgendwie hing das schon zusammen, aber Superman wollte das Geld nicht haben und die Welt weder regieren noch vernichten. Andererseits wollten die Verbrecher keine Verbrecher fangen. Und schließlich ohne das Verbrechen und die Verbrecher wäre Superman mit seinen übermenschlichen Fähigkeiten auch nur eine Art Freak gewesen und hätte höchstens im Zirkus auftreten können. Für die Verbrecher war er so etwas wie die Konjunktur, mal besser, mal schlechter für das Geschäft, aber ohne ihn wäre es auch sehr ungemütlich geworden, denn schließlich konnte nur einer von ihnen die Welt beherrschen und sie wären sich bestimmt niemals darüber einig geworden, wer von ihnen das sein sollte. Auf die Art hatten sie jedenfalls etwas, über das sie im Gefängnis immer miteinander reden konnten. Die Welt war also eingerichtet.

Warum und woher also die Falten auf der Stirn unseres Helden? Das war leicht erklärt, die Ursache hatte einen Namen und der Name war Sven. Superman hatte sich überreden lassen, einen Lehrling einzustellen. Es gab wenig Chancen für junge Leute und schließlich würde Superman auch nicht ewig leben, na gut, er würde ewig leben, aber einen zweiten Superman konnte die Stadt jederzeit gut gebrauchen und er war doch ohnehin jemand, der sich niemals dem Ruf der Gemeinschaft verweigerte. Kurzum, er war bei diesem Wohltätigkeitsessen zugunsten der Blessralle irgendwann zwischen Vorsuppe und Fischgericht schwach geworden. Der Bürgermeister war sofort begeistert aufgesprungen und hatte der ehrenwerten Gesellschaft lauthals verkündet, dass Superman einen Lehrling einstellen würde, sodass er später auch keinen Rückzieher mehr hatte machen können.

Rational betrachtet, war Sven kein schlechter Kerl. Er war kräftig, er beherrschte die grundlegenden Kulturtechniken, wie es hieß, was bedeuten sollte, dass er lesen, schreiben und rechnen konnte. Wegen seinem Lehrgeld gab es kein Problem, das zahlte die Stadt. Und er war gelehrig, sehr gelehrig. Von früh bis Feierabend fragte er ohne Unterlass: »Wie kannst du fliegen? Wie verbiegst du die Eisenstangen? Wie machst du dies? Wie machst du das?« Sven war schon in Ordnung. Aber Sven war eben nicht super. Superman versuchte alles Menschenmögliche, Sven etwas beizubringen, aber mehr als das Menschenmögliche war eben nicht drin. Wenn sie das Fliegen üben wollten, verletzte Sven sich immer wieder. Emsig wie er war, hätte er gern noch so lange weiter geübt, bis er sich jeden Knochen seines Körpers zweimal gebrochen hatte, aber sie beließen es dann dabei, dass Superman Sven zeigte, wie man ziemlich schnell laufen konnte. Als sie den Röntgenblick übten, rollte Sven mit den Augen, er drückte und stöhnte, man hätte fürchten können, dass seine Augen bald aus den Höhlen fielen, aber: nichts. Superman zeigte ihm stattdessen, wie man einen sehr guten Kaffee kochte. Das Schönste war für Superman der Feierabend geworden, weil er Sven wegschicken konnte und endlich seine Ruhe hatte. Er konnte dann entspannt eine Runde fliegen oder einfach in seinem Sessel sitzen und Bier trinken. Superman hatte Sven sogar erzählt, dass man im zweiten Lehrjahr früher Feierabend machen konnte als im ersten, damit er den Jungen noch früher nach Hause schicken konnte.

Svens Mutter hatte ihm auch einen Overall genäht, der allerdings überhaupt nicht gut saß. Die Ärmel waren zu kurz, an den Waden flatterte der Stoff etwas und im Schritt wehte ein kleines Säckchen. Offensichtlich ging seine Mutter davon aus, dass Sven dort noch ein bisschen wachsen würde. Das ausgewaschen wirkende Grün des Textils war auch nicht gerade der Stoff, aus dem Helden sind. Superman hatte ein wenig geseufzt und dann Sven in einer feierlichen Zeremonie den Namen »Not so Superman« verliehen. »Das ist auch großartig, aber eben nicht so super«, erklärte er Sven, schüttelte ihm die Hand und überreichte ihm einen Aufnäher mit den Initialen »NSS«, den seine Mutter Sven schon am nächsten Tag auf die Brust gebügelt hatte. Superman musste zugeben, dass Sven ihm tierisch auf die mit blauem Elasthan eingefassten Eier ging. Aber Superman war eben auch nur ein Mensch.

Trotzdem schämte er sich. Die Abneigung gegen seinen schutzbefohlenen Lehrling war so ziemlich seine einzige ihm bekannte Schwäche. Na gut, es gab noch die Sache mit dem Krypton, über die er jetzt nicht nachdenken wollte. Den ganzen Tag ließ er Sven im Büro schmoren und dort Kaffee kochen und Briefe beantworten, während Superman Patrouillenflüge über die Stadt machte. Zu Hause erzählte Sven seiner Mutter, dass er auch bei diesen Flügen dabei war und im Schnitt täglich ein Leben rettete. »Warum liest man dann niemals von dir etwas in der Zeitung?«, fragte ihn seine Mutter dann. »Immer nur Superman, Superman, Superman. Ich würde meinen Damen so gern mal ein Foto von meinem Not-so-Superman zeigen.« »Das ist alles Taktik, Mutti«, sagte Sven dann zu ihr. »Der Chef will den richtigen Zeitpunkt abwarten, bevor ich vor die Presse gehen darf.« »Und warum fliegst du nicht mal wenigstens eine kleine Runde für mich?«, fragte ihn seine Mutter weinerlich. »Du weißt, wie sehr ich mir das wünsche.« »Mutti, es tut mir wirklich leid«, versuchte Sven sie zu trösten. »Aber das ist Berufsgeheimnis, das darf ich wirklich niemandem zeigen.«

Superman hätte über diese Gespräche in Svens zu Hause auch Bescheid gewusst, wenn er sie nicht belauscht hätte. Schließlich hatte er selbst eine Mutter und außerdem übersinnliche Fähigkeiten. Der Junge beginnt mir leid zu tun, dachte er, während er seinen Patrouillenflug über Metropolis fortsetzte.

Da hörte er plötzlich das typische Geräusch einer Kerosin-Explosion, in höchstens einhundert Kilometer Entfernung. Superman brauchte noch nicht einmal seinen Superblick zu heben, um zu wissen: hier war die Düse eines Flugzeugs explodiert und der Jet raste nun mit voller Geschwindigkeit auf den felsigen Grund zu. Das Flugzeug war natürlich der Sonderflug, der die gerade vom Krebs geheilten Kinder mitsamt ihren kuscheligen Haustieren wieder zu ihren Eltern fliegen sollte. Die Eltern standen unten und sahen wie gelähmt den riesigen Metallvogel auf sich zustürzen. Das angsterfüllte Kreischen unschuldiger Kinder dröhnte Superman geradezu in seinen hypersensiblen Ohren. »Was soll's, ich nehme den Jungen mit«, sagte der sich gerade. Sein Büro lag gleich in der Nähe und für die Rettung des Flugzeugs war noch mehr als genug Zeit in seiner Superzeitrechnung, auch wenn es nach Menschenermessen natürlich längst zu spät war. Nach Menschenermessen hätte man nicht wahrnehmen können, wie Superman in sein Büro blitzte, dort dem verdutzten Sven seinen, nun ja, Superheldenanzug anzog, Sven unter den Arm klemmte und so zu dem, vermeintlich seinem Schicksal geweihten, Flugzeug flog. Er stellte Sven genau in der Mitte der Elternschar ab, weil das erfahrungsgemäß der Ort war, wo solche Szenen endeten. »Warte hier«, zischte er ihm ins Ohr.

Im Flugzeug kreischten immer noch die Kinder, außer einem gewissen Jan-Ole. Der war ein naseweißer Brillenträger und blieb scheinbar ungerührt auf seinem Sitz sitzen. »Ein Flugzeug voller geheilter krebskranker Kinder, das in die versammelten Eltern zu stürzen droht. Ich bitte euch!«, versuchte er die panikverwirrte Schar zu belehren. »Wenn da Superman nicht kommt, wann dann?« Er war früher ein fröhliches Kind gewesen, aber seine Leukämie hatte ihn zynisch gemacht. »Wären wir zwei betrunkene Fabrikarbeiter auf dem Weg nach Hause, um dort unsere Ehefrauen zu schlagen, dann würde ich mir Sorgen machen. Aber wir sind sechshundert unschuldige Kinder. Ich bitte euch!«, wiederholte er. Die Kinder hassten Jan-Ole jetzt noch mehr. Aber nur wenige Zehntelsekunden später verstummten sie alle. Denn tatsächlich: Superman flog neben ihrem Unglücksflugzeug. Genau in diesem Moment fiel ein Kühlschrank auf einen allein stehenden Versicherungsangestellten mit einer großen Pornosammlung in seiner Ein-Zimmer-Wohnung. Sofort tot. Doch nur Superman hörte es mit seinen Ohren, kümmerte sich aber jetzt lieber um das Flugzeug. Jan-Ole hatte Recht gehabt.

Scheinbar war es unmöglich, doch Superman drückte mit all seiner Kraft gegen den trudelnden Metallvogel. Er schien seinen Sturz vielleicht etwas mildern, aber doch nicht bremsen zu können. Doch dann drehte er langsam die Schnauze des silberglänzenden Ungetüms nach oben, brachte seinen Körper unter den Rumpf, drückte das Flugzeug mit seinen Armen nach oben und setzte es schließlich sanft neben der glücklichsten Elternversammlung der Menschheitsgeschichte ab. Die Menschen jubelten ihm zu. »Hurra!«, riefen die Kinder. »Danke, Superman!«, riefen die Eltern. Da, gerade als der Jubel am größten war, hob Superman Einhalt gebietend seine Hand. »Das Ganze ist nicht allein mein Verdienst«, sagte er zu der frohlockenden Menge. »Ich hätte es niemals geschafft, ohne meinen zuverlässigen Assistenten: Not-so-Superman.« Er zeigte auf Sven, der sich nun etwas verlegen, aber dennoch sehr stolz seinen Weg aus der Menge bahnte. »Aahhh« und »Oohh«, sagte die Menge. Aber gleichzeitig schauten sie ihn etwas ratlos an, denn von Not-so-Superman hatten sie noch nie etwas gehört.

»Was macht denn Not-so-Superman?«, traute sich schließlich ein Kind zu fragen, und es war mehr als wahrscheinlich, dass es sich dabei um Jan-Ole handelte. Sven stockte einen Augenblick verlegen und überlegte fieberhaft. »Ja, äh, also Not-so-Superman, ja, also, ich würde vorschlagen, ich mache jetzt erst mal für alle Kaffee.« »Hurra!«, rief die Menge. »Das wäre jetzt genau das Richtige.« Sie trugen Sven auf den Schultern und ließen ihn hochleben. Sven kochte dann für alle den besten Kaffee, den sie je getrunken hatten. Für die Kinder gab es Limonade und für alle frisch gebackenen Blechkuchen. Es gab Topfschlagen und Luftballonaufblasen und für die Erwachsenen Gesellschaftsspiele und Sekt. Für den Abend organisierte Sven große Grills und eine Tanzkapelle. Als die Presse eintraf, war unter dem blauen Sonnenhimmel gerade das schönste Fest im Gange, das Metropolis je gesehen hatte. »Was war denn hier los?«, wunderten sich die Journalisten. »Ach, wir feiern gerade ein Fest, das Not-so-Superman organisiert hat«, bekamen sie zur Antwort. »Es gibt Würstchen, Lampions und Girlanden. Es ist wunderschön.« »Und was feiert ihr?«, fragten die Journalisten. »Na, die Ankunft unserer Kinder.« »Nein, die Heilung von unserem Krebs.« »Nein«, sagte einer, »ist es nicht, weil Superman unser Flugzeug vor dem Absturz gerettet hat?« »Ach egal«, brüllte daraufhin ein anderer und alle rannten zusammen zu dem großen Lagerfeuer. Am nächsten Tag waren alle Zeitungen voll von dem tollen Fest, das Sven organisiert hatte. Das Fernsehen machte Interviews und im Radio riefen die Mädchen an, die sich mit Not-so-Superman treffen wollten.

Superman, den alle vergessen hatten, flog indessen schon längst wieder einen verbitterten Patrouilleflug über der Stadt. Seine Gedanken waren nichts für die breite Öffentlichkeit. Morgen, so nahm er sich vor, würde er seinen Lehrling mit auf das Dach des höchsten Hochhauses in Metropolis nehmen. »Jetzt bist du bereit«, würde er zu Sven sagen und mit ihm fliegen üben. Und entweder, der Junge würde es dann drauf haben oder er lernte es auch nicht mehr.

Nach einer wahren Begebenheit

WIR SPRECHEN GANZ OFFEN. »So«, sage ich zu meinem Sohn. »Du siehst vielleicht besser aus, hast bessere Zukunftschancen, ein größeres Zimmer und viel mehr Spielzeug als ich zu meiner Zeit, aber du hast kein Geld. Im Vergleich zu Dir bin ich Millionär. Du armes Würstchen, du Habenichts, Bankrotteur.«

Er ist erst sieben Monate alt, vielleicht sollte ich nicht so hart an ihn rangehen. Aber ich habe die Schnauze auch mal voll. Ich kann es nicht mehr ertragen: jeden Tag herumsitzen, angezogen, gefüttert und herumgetragen werden als sei das die normalste Sache der Welt. Meine Frau sagt, ich sei echt gestört, ich hätte ein *Problem*, wenn ich mich mit sieben Monate alten Babys messe. Aber erstens messe ich mich nicht mit sieben Monate alten Babys im Allgemeinen und zweitens ist es doch extrem: ja, guten Morgen, bitte schön, ein bisschen Apfel, Möhre, Kartoffel, darf ich gleich pürieren, bitte sehr der Herr, vielleicht ein Schlummerchen. Es war doch vorhersehbar, dass mir irgendwann der Kragen platzt. »Du hast keine müde Mark. Du bist völlig abgebrannt und kannst nichts. Für dich geht es nur noch bergab«, brülle ich. Also mir geht es jetzt ein bisschen besser. Er sagt nur: »Komm' einfach mit.«

Wir gehen zum Haus der Kulturen des Universums, ein neuer interplanetarer Treffpunkt. Er ins Edelgeschäft hinein: »Hallo, ich würde gern ein paar Lebensjahre verkaufen.«

Die Verkäuferin, mit Antennen, Transistorradios und einem grünen Bildschirm, auf dem man Leuchtpunkttennis mit ihr spielen kann, das alte Flittchen, sofort freundlich, freundlich: »Ja, guten Tag, mein Herr. Woran dachten Sie denn?«

Er so: »Also ich würde gern das zweite bis einundsiebzigste Lebensjahr veräußern wollen.«

Wir gehen aus dem Geschäft, er ein alter Mann, aber noch älter sehe ich aus, denn so viel Geld, wie er jetzt besitzt, davon kann ich nicht einmal träumen, weil mir dafür die Mengenvorstellung fehlt. Mein Sohn ist greiser Multimillionär. Er hat alles radikal verkloppt, sogar die beschissenen Jahre zwischen zwei und vier ist er losgeworden. Und das Schlimmste: Seinen Lebensstil muss er kein bisschen ändern, nur dass er nicht mehr auf uns angewiesen ist. Für sein Geld stehen die Pflegedienste an, um ihn zu wickeln, herumzufahren und sein Breichen zu pürieren. Seine Lieblingshobbys Sabbern und auf Löffeln herumbeißen hat er auch nicht aufgegeben, aber er ist jetzt eben stinkreich.

Als wir nach Hause gehen, wird mir angst und bange. Meine Frau wird bestimmt mit mir herummeckern: »Was hast du da wieder gemacht? Du musst besser aufpassen.« Aber mir ist das egal. »Er ist jetzt volljährig, er kann seine eigenen Entscheidungen treffen. Mein Gott, er kann uns sogar enterben, wenn er schlecht gelaunt ist.«

Meine Frau ist vor allem traurig, weil sie ihm so ein schönes Geschenk gekauft hatte. Der Kleine hat sich immer ein Haustier gewünscht, aber erst wissen sie nicht, was sie für ein Tier haben wollen und dann kümmern sie sich ewig nicht um die Fäkalien des Tieres. Es ist immer dieselbe Geschichte. Deshalb war meine Frau so stolz. Sie hat ihm zwanzig Pfund Mischhack gekauft. »Das ist genauso, als ob du eine Kuh, ein Schwein, einen Hasen und eine Maus hast.« Doch nun ist er ein alter Mann und interessiert sich nicht mehr für Haustiere. Meine Frau wirft enttäuscht den Riesenklumpen aus unserem Kühlschrank im vierten Stock auf die Straße. Sofort kommen alle herbeigelaufen: Kinder, Frauen, Alte, Hunde, Katzen, Ratten, Maden. Unser Haustier ist die Attraktion in der Straße.

Meine Frau und ich streiten uns ein wenig, aber nur aus Gewohnheit, ohne Thema oder besonderen Enthusiasmus. Türklingel. Die Polizei. »Ja, wir müssen sie zwangsräumen. Kündigung des Hausbesitzers wegen Eigenbedarf.«

Es ist natürlich mein Sohn mit seinen peinlichem Machtspielchen. Er hat sich das Haus gekauft. Soll er hier oben wohnen bleiben.

»Wenn dich keiner mehr vier Treppen hier oben pflegen will, dann komm aber nicht zu uns angerannt«, rufe ich ihm beim Herausgehen zu. »Ach, und du hast Stubenarrest bis zum Ende deines Lebens.«

Mein hämisches Lachen schallt durch das Treppenhaus, trifft an die Haustür, prallt von dort zurück, landet wieder in meinem Mund und bleibt dort unangenehm stecken. Die Aufzugsfirma ist nämlich gerade eingetroffen, sie wollen einen schönen Fahrstuhl einbauen. Ich sage: »Hallo, ich bin der Bauherr.«

Sie machen Ausweiskontrolle, wahrscheinlich, weil ich mit meiner ganzen Habe in Plastiktüten im Treppenhaus stehe. Die Ausweiskontrolle klappt aber, weil ich den Daumen auf meinen Vornamen halte und den Nachnamen von meinem Sohn habe. »Den Lift bitte von hier zwei Etagen nach unten. Ich fahre jetzt nach Teneriffa und will, dass alles fertig ist, wenn ich wiederkomme.« Mit diesem Reisetrick habe ich sie bestimmt überzeugt, jetzt verstehen sie den Kühlschrank in der Aldi-Tüte, denn auf Teneriffa ist es ja warm.

Ich wollte eigentlich lieber erst einmal in die Kneipe, aber gesagt ist gesagt, »zweimal Teneriffa bitte«. Das Flugzeug hat Schlagseite. Gegen meine Flugangst bestelle ich mir einen Kognak. Dann setze ich mich heimlich nach vorn in die Business-Class und lasse mir noch ein Schälchen Kokain kommen. Der Service ist hier einfach vortrefflich! In Teneriffa sieht es genauso aus wie bei uns zu Hause: gelbe Busse, Regenwetter, überall Deutsch.

»Was ist denn hier los?«, frage ich den Piloten.

»Keine Ahnung, mich dürfen Sie nichts fragen. Ich bin nur der Pilot Berlin, Teneriffa, Berlin. Den lieben langen Tag. Keine Gewerkschaft, bei Sonne und Regen, Tag und Nacht.«

»Ist gut, junger Mann, an ihrer Lebensgeschichte habe ich kein Interesse. Mein Problem ist: Ich bin zu weit geflogen, ich wollte eigentlich schon in Teneriffa raus.«

»Dann müssen sie noch einmal lösen, ihr Rückflugticket ist jetzt abgelaufen.«

Kann ich mir nicht leisten, mein ganzes Geld ist weg. Meine Frau auch, die ist bestimmt rechtzeitig in Teneriffa raus. Überlege kurz, auch zum Universumshaus zu gehen und der Antennendame ein paar Jahre zu verkaufen. Die Dame steht sofort akkurat vor mir und lacht mich aus. »Welche Jahre dachten Sie denn: ihre Bandscheibenvorfall-Dreißiger, ihre Herzinfarkt-Vierziger oder die Schlaganfalltod-Fünfziger? Mann, für ihr Restleben bekommen Sie für das *Best-of* nicht mal genug Geld für ein Bier. Sie hätten die, ich sage mal: ›guten‹ Jahre eben nicht selber wegleben dürfen.« Telepathie aus.

Verzweifelt setze ich mich in die Flughafenbar. Neben mir eine Stewardess, gerade frisch geschieden und also auf der Suche nach einem Mann. Sie kennt mich aus der Business-Class, denkt also: »Bei dem ist was zu holen!«

Ich mache ihr schöne Augen, sage aber: »Ich will nicht, dass du mich nur wegen meines Geldes anmachst, und um mir ganz sicher zu sein, möchte ich, dass du meine Getränke bezahlst.«

Sie ist einverstanden. Ich trinke sehr viel, auch Schnaps, was ich sonst nicht mache. Besonders der Tequila entzieht meinem Gehirn Wasser. Plötzlich muss ich niesen und mein Gehirn fällt mir aus dem Kopf.

»Kein Problem«, denkt mein Gehirn. »Dann gehe ich mal einfach so herum.«

Mein Gehirn macht sich einen schönen Tag: Oper, Ballett, Instrumentenladen, Lyriklesung, Gespräche mit Philologie-Studenten. Endlich kann es mal alle Sachen machen, die es sich schon immer gewünscht hat. Dann will mein Gehirn ein gutes Glas Rotwein trinken. Französisch trocken, irgendwas mit Beerenaroma und Noten von Sandelholz. Plötzlich braucht es wieder meinen Körper. In der Flughafenbar: Fehlanzeige. Es trifft den Körper dann im Lotterbett mit der schönen Stewardess.

»Hallo Körper, ich will Rotwein trinken, los komm!«

Der Körper wird gerade bewundernd von der Stewardess angesehen: »Du warst fantastisch! So guten Sex hatte ich noch nie-mals! Mir ist egal, ob du arm oder reich bist. Ich gebe dich nie wieder her! Übrigens: ich bin reich.«

»Wie hast du denn das gemacht?«, fragt mein Gehirn. »Das musst du mir mal zeigen.«

»Geht ja nicht«, sagt mein Körper. »Das ist so wie die Heisenberg'sche Unschärferelation. Wenn wir zusammen sind, kann ich genau das nicht.«

»Na, ist egal«, sagt mein Gehirn. »Wir sind jetzt reich, lass uns Rotwein trinken gehen.«

»Tut mir leid«, sagt natürlich Körper. »Aber ich will nicht mehr mit dir zusammen sein. Ach so: es liegt nicht an dir, es liegt an mir. Na ja, die üblichen Ausreden, denk dir selbst was aus. Denken kannst du ja und Zeit hast du ja jetzt mehr als genug.«

»So ein verkackter Tag«, denkt mein Gehirn, als es am Rinnstein des Flughafens sitzt und es natürlich zu regnen anfängt. »Hoffentlich wird morgen etwas besser.«

Linienflug

ICH STEIGE IN DAS FLUGZEUG EIN. Die Stewardessen schauen gelangweilt.

»Was für ein Ticket haben Sie? Economy? Na dann ab nach hinten zu den anderen Prolos.«

Ich sitze genau über den Flügeln, Mittelreihe, ganz in der Mitte. Finde ich sehr gut. Hier ist die Wahrscheinlichkeit, bei einem Absturz umzukommen, statistisch am geringsten. Prozentual sterben die vorn nach denen hinten. Der Absturz fragt nicht nach der Ticketklasse.

Der Pilot betritt das Flugzeug. Wie sieht der denn aus? Unrasiert, humpelt ganz schön, einen Arm im Verband. Da muss ich doch gleich mal was fragen. Neben mir sitzt eine hübsche Brünette, die sich die Nägel macht. Da will ich nicht stören. Das Rentnerehepaar auf der anderen Seite braucht sich nicht mehr die Fingernägel zu lakkieren.

»Entschuldigung, kann ich mal durch.«

Aus ihren Sitzen kommen Quietschgeräusche. Vielleicht wollen die in eine Spezialklinik fahren, wo man den Rost von künstlichen Hüften abmacht. Dieser Flug wird mir gefallen.

Ich frage die Stewardess, warum denn unser Pilot so schlimm aussieht.

»Sie haben großes Glück. Eigentlich ist gerade Pilotenstreik. Aber Kapitano Ezral hat sich bereit erklärt, diesen Flug zu machen. Seine Frau und seine vier Kinder sind nämlich gerade bei einem Jagdunfall ums Leben gekommen. Und der Kapitano sagt, er kann sowieso nicht schlafen, er hat schon wochenlang alles versucht. Alkohol, Tabletten, Haschisch. Und als er heute trotzdem die ganze Nacht im Bett stand, hat er sich überlegt, er lenkt sich ein bisschen mit Fliegen ab. Leider waren die anderen Piloten nicht so tolerant und haben ihn übel zugerichtet. Aber es wird schon gut gehen.«

Ein Lächeln schneidet sich in ihre Wangen, das nicht nur ihr wehtut. Sie nimmt einen Esslöffel Valium und bittet mich, wieder auf meinen Platz zu gehen und mich sehr fest anzuschnallen.

Ich gehe langsam, die Rentner stehen schon vorher auf. Als ich mich gerade in meinen Sitz plumpsen lassen will, erledigt das die Fliehkraft für mich.

»Meine Damen und Herren, bitte seien Sie nicht im Mindesten beunruhigt. Unser Kapitano hat bloß gerade eine Drohung von der sich solidarisierenden Gewerkschaft der Kampfpiloten erhalten. Er wollte deshalb sofort starten, um einen kleinen Vorsprung zu haben. Leider konnten wir nicht mehr die Gepäckfächer schließen, suchen Sie also ihr Handgepäck nach der Landung aus dem Haufen am Ende des Flugzeuges zusammen.«

Der Schreck sitzt mir in allen Gliedern. Also strecke ich mich. Mein rechter Arm berührt den Alabasterkörper der Brünetten, die noch wie Espenlaub zittert. Mein linker Arm genießt seine

Freiheit. Da plötzlich fällt es mir auf: Wo sind die Rentner?

Die armen Leute standen beim Kavaliersstart des Kapitano noch im Gang. Ich will sie aus dem Haufen hervorzerren, doch die Stewardess fällt mir in den Arm: »Ich habe doch gesagt, nach der Landung!«

»Ja, aber da sind doch die Rentner mit den künstlichen Hüftgelenken drin!«

»Die haben in diesem Haufen eine bessere Überlebenschance als wir alle. Und wollten Sie den ganzen Flug über Rheumadecken reden oder mit der Brünetten anbandeln?«

Das mit der Überlebenschance überzeugt mich sofort. Ich gehe zurück an meinen Platz.

Jetzt gibt es Getränke. Der Kapitano hat gebeten, nur alkoholische auszuschenken, er will vorn seine Ruhe haben. Schon in Reihe 15 gehen die üblichen Pennerpullen aus. Ich mache einen Vorschlag: sie sollen doch das Duty-Free-Wägelchen rausholen.

Gesagt, getan: Ich greife mir zwei Liter kanadischen Malt. Für meine Nachbarin erobere ich eine Flasche Campari. Sie schaut so lieb. Leider hat es beim Essen eine Verwechslung gegeben. Statt einem Hindu-Mahl und 156 normal gibt es 156 Hindu. Erst denken wir, Fleisch ist Fleisch, aber es stellt sich eine weitere Verwechslung heraus. Hindu-Mahl heißt nur für Hindus. Es ist vor allem Grünzeug, schmeckt extrem scharf und eklig.

Der Schuldige ist schnell ermittelt: ein Inder. Hindu sein reichte ihm wohl noch nicht. Statt uns um das einzige Steak zu streiten, zwingen wir den Hindu, es zu essen. Er schaut wenig begeistert, aber uns geht es etwas besser. Ich nehme noch einen tiefen Schluck und sättige mich mit dem Hindu-Dessert von drei Portionen. Man kann ja schlecht für die Rentner Nahrung in den Haufen werfen. Das wäre unmenschlich. Die Brünette isst die vier Salate.

Wir sind jetzt alle in der Stimmung für ein Filmchen. Die Stewardess wählt »Stirb langsam« für uns aus. Ein bisschen Hoffnung. Meine Leinwand ist etwas wacklig. Es stellt sich heraus, dass die viereckigen Lämpchen links und rechts die Bildschirme für die Seitenreihen darstellen sollen. Die dort sitzenden Penner proben sofort den Aufstand. Eine wilde Schlacht um Sitzplätze entbrennt. Die erste Klasse wird von Bord gegangen. Wenn das so weitergeht, komme ich völlig unausgeruht zu meinem wichtigen Meeting.

Also schlendere ich nach vorn zum Kapitano und biete ihm die Brünette im Austausch für ein gewagtes Luftmanöver. Wieder im Passagierraum, ist die Schlacht in vollem Gang. Ich flüstere der Brünetten noch was ins Ohr und gurte mich auf einem wenig umkämpften Platz in der Nähe der Toilette, ganz außen, an. Ich sehe noch, wie sie sich auch anschnallt, schließe meine Augen und zähle langsam von 15 auf 0. Der Kapitano hat nicht zu viel versprochen. Mir dreht sich der Magen um. Die anderen haben nicht so viel Glück, bei denen bleibt der Körper am Magen dran. Immer wenn ein Körper auf den Haufen hinten aufschlägt, höre ich ein vertrautes Quietschen. Bedeutet das, dass meine Rentner noch leben?

Doch ich habe jetzt andere Sorgen. Ich muss meine andere Nachbarin vorn abliefern. Eigentlich ein Jammer, mit den perfekten Fingernägeln und allem. Wir steigen über zerborstene Knochen und puckernde Wunden. Ich hatte mir diesen Flug anders vorgestellt. Ich schließe wieder meine Augen, diesmal in der Hoffnung auf ein wenig Schlaf.

Besser abends nicht mehr so viel trinken

BENOMMEN WANKTE ICH vom Schlafzimmer durch den kleinen Flur in unsere Küche. Es war mitten in der Nacht, zu irgendeiner jener späten Stunden, die von ausnahmslos jedem als der Teil der Nacht anerkannt werden, in dem man schlafen sollte. Draußen war es stockdunkel und die Stadt machte keine Geräusche. Natürlich gab es irgendwo da draußen noch Menschen, die sich irgendwie eine senkrechte Haltung bewahrten, indem sie sich am Tresen einer Bar festklammerten. Aber es gab keinen, der das nicht morgen bereuen würde, solange die Nacht noch nicht zu Ende war, blieb es für sie gestern, und heute war morgen, daran hatte das Vorrücken des Uhrzeigers über Mitternacht kein bisschen geändert. Der einzige Grund, sich jetzt noch an einem Tresen festzuhalten, war die Hoffnung, irgendein tierisches Bedürfnis heute noch zu stillen und das waren nur sehr selten Durst oder Hunger.

Es gab auch eine Menge Leute, die jetzt schon ihr Bett verlassen hatten, das ihnen wie immer besonders perfekt temperiert erschienen war bei diesem Weckerklingeln. Aber obwohl viele von ihnen seit Jahren jeden Tag so früh aufstanden, würden sie erst frühstens in der sechsten Stunde des Tages von einem Morgen zu reden beginnen. Mit dem Abend konnte man da großzügiger sein, mussten diese Menschen sein, denn um einen Abend zu erleben, mussten sie spätestens um 17 Uhr anfangen, denn wer um 14 Uhr Feierabend hatte und um 21 Uhr schlafen ging, konnte sich nicht leisten, sich den offiziellen Beginn des Abends vom Fernsehprogramm vorschreiben zu lassen. Ihr Abend begann früher. Aber die Zeit des Aufstehens war zu früh geblieben, würde es immer bleiben. Wenn sie sich mit Freunden darüber unterhielten, sagten sie, dass sie »mitten in der Nacht« aufstünden.

Aber im Grunde, ganz ehrlich, war es mitten in der Nacht. Ich tappte durch unsere Wohnung, weil ich auf die Toilette musste, und freute mich schon, wieder von dieser endlos erscheinenden Reise in mein Bett zurückkehren zu dürfen. Gestern war ein heißer Tag in einem gleißend heißen Sommer gewesen und wir hatten zur Nacht alle Fenster möglichst weit aufgerissen, um jegliche Kühle, die diese Nacht mit sich bringen könnte, möglichst herzlich und unumwunden in das Innere unserer Wohnung einzuladen, um dann im Morgengrauen die Fenster eilig zu schließen und hoffentlich die Kühle für einen Teil des Tages zu unserem Gast zu machen, bis sie von den Hitzewellen des Tages entdeckt und zum Schmelzen gebracht werden wurde, die den Tag über durch die Fensterritzen unaufhörlich in unsere Wohnung zu kriechen schienen.

Durch das also weit geöffnete Küchenfenster hörte ich auf meinem Rückweg von der Toilette ein Geräusch auf dem Hof. Eine Tür öffnete sich zum Hof und dann waren dort Schritte sowie das leise, typisch metallische Rollen eines Fahrrades mit Gangschaltung zu hören. Danach hörte ich, wie etwas ungelenk ein Schlüssel in das Schloss der Tür vom Fahrradraum geschoben wurde, das Schloss geöffnet wurde und die Tür sich mit vernehmlichem Quietschen in ihren Angeln bewegte. Dann war das dumpfe Plumpsen einer Tasche auf dem Boden zu hören, danach das Klappern vom Aufstellen des Fahrrades zwischen all den anderen Rädern in diesem Raum. Ich konnte noch nicht sagen warum, aber das Ganze faszinierte mich. Wie angewurzelt war ich in der Küche stehen geblieben.

Nachdem ich ein paar Sekunden so gestanden hatte, hörte ich Schritte im Treppenhaus, erst nur ein leises Gewittergrollen, dann ein hörbares Tapsen. Jemand kam die Treppe nach oben. Wer das wohl war? Und plötzlich fiel es mir ein, warum mich die Geräusche auf dem Hof so fasziniert hatten: Sie waren mir wohl vertraut gewesen, ich kannte sie ganz genau, weil ich immer genau diese Geräusche beim Nachhausekommen machte. Und wenn ich jetzt darüber nachdachte, schien es mir im Grunde genommen am wahrscheinlichsten, dass ich jetzt nach Hause kommen würde. Die Schritte waren schon über den dritten Stock hinaus und kamen zum vierten. Jetzt gab es praktisch keine andere Möglichkeit mehr. Die Nachbarn gegenüber waren junge Alte, die ein Ehepaar bildeten und deren Kinder das Haus schon verlassen hatten. Sie schliefen um diese Zeit, denn sie brauchten all ihre Energie für ihren Beruf und die Freizeitbeschäftigung als Hausaufseher. Wenn man mal wissen wollte, wann die Treppe das letzte Mal nicht geputzt worden war oder wer sein Fahrrad so liederlich im Hausflur abgestellt hatte oder wer sich schon wieder zehn Tüten Milch in der Kaufhalle geholt hatte, musste man nur meine Nachbarn von gegenüber fragen. Und all das neben dem Beruf, da mussten sie eben auch irgendwann schlafen und das war jetzt. Meine Frau hatte ich eben noch fest schlafen gesehen und mein Sohn konnte noch nicht allein Treppen steigen. Und sonst wohnte niemand mehr im vierten. So schoss es mir durch den Kopf, noch kurz bevor es an der Wohnungstür schloss.

Und ich hatte Recht gehabt, wie ich etwas triumphierend dachte, ein grandioser Sieg der Logik: Das war natürlich ich an der Wohnungstür, der da gerade nach Hause kam und der vorher unten sein Fahrrad abgestellt hatte. »Hallo«, sagte ich zu mir. »Hallo«, antwortete ich. »Nicht so laut, die anderen schlafen.« Daraufhin zog ich mir leise die Schuhe aus und ging ins Bad, während ich noch ziemlich verwirrt in der Küche stand. Da hinten putzte ich mir gerade die Zähne, während ich hier schon leicht frierend ohne Bademantel in der Küche stand. Ich kam aus dem Bad, ging in mein Zimmer, zog mich aus und sagte zu mir »Gute Nacht«. Dann ging ich ins Schlafzimmer und legte mich ins Bett. Ich taperte mir wie ein dummes Hündchen hinterher und glotzte nur. Aber als ich im Bett lag und mich an meine Frau ankuschelte, da wurde es mir doch zu bunt. Ich meine, ich platzte hier einfach so rein, mitten in der Nacht, vermutlich angesoffen, denn warum hatte ich sonst nicht bemerkt, dass das Bett noch warm war, sagte zu mir »Gute Nacht« und legte mich dann hin, als sei nichts Besonderes los. Das konnte doch nicht wahr sein! »Das ist mein Bett und meine Frau, wo du da liegst«, sagte ich zu mir. »Ich weiß«, sagte ich. »Und ich bin du.«

Schon am nächsten Morgen verlangte ich eine Klärung. Einer von uns beiden war zu viel in dieser Wohnung! Ich schlug vor, meine Frau entscheiden zu lassen. Ich war einverstanden. »Du sollst es entscheiden: Wer von uns beiden muss gehen?«, fragte ich sie. Sie guckte uns verständnislos an. »Das ist mir egal. Ich liebe dich.«

Ich hatte gewonnen, also blieb mir nichts anderes übrig, als meine Siebensachen zu packen und mich auf den Weg zu machen. Aber eines Tages würde ich zurückkehren, nachts auf einem Fahrrad, und meine Rache würde schrecklich sein.

Wie arbeitet das satirische Gehirn?

DIE SONNE HATTE DEN ganzen Tag über ihre goldenen Strahlen in Üppigkeit über dem Firmament ergossen. Jetzt sandte sie noch einen warm schimmernden roten Gruß vom Horizont. Oben am Himmel hatte sich schon der gute Gevatter Mond bereitgemacht, stopfte sich sein kleines Pfeifchen und setzte sich in seinem bequemen Sessel zurecht, als wollte er sagen: »Schlaf du nur, ich wache währenddessen über dich, deine Lieben, dein Haus, deine Straße, deine Stadt, lass es mich kurz machen, über die Welt. Zumindest den Teil, wo ich gerade scheine, beim Rest ist ja Frau Sonne zugange.« Auch der Magen, so kürzlich noch ein wilder brüllender Löwe, der alles angreifen wollte, der seine Lefzen sabbernd geleckt hatte, war jetzt ein friedlich schlafendes Kuschelkätzchen. Er war gefüttert worden mit fetttriefenden Hühnerteilen, Kartoffelstückchen und Mischgemüse. Und um die Mischung dort unten besonders anheimelnd zu gestalten, hatte ich noch ein bisschen Weißwein daraufgegossen und nun herrschten da unten Ruhe und Glück.

Man könnte sagen, es war ein ruhiger Abend. Ich beschloss, meine müden Knochen ins Bett zu befördern, um mir dort eine erholsame Mütze Schlaf abzuholen. Zur einschläfernden Beruhigung nahm ich mir nach meiner Gewohnheit noch eine Lektüre mit ins Bett. Heute war es der Elternbrief, der, bezahlt von der Familienministerin, einmal monatlich jungen Eltern zugesandt wird. Darin konnte ich lesen: »Eines ist klar: Fast jedem von uns wird irgendwann einmal die Hand ausrutschen. Es bringt nichts, hinterher ein rabenschwarzes Gewissen zu haben – wenn es eine Ausnahme bleibt. Es ist ein Betriebsunfall – nicht mehr und nicht weniger.« Nichts Spektakuläres, nichts Weltbewegendes. Aber jetzt war mein satirisches Hirn angegangen und ich wusste, so schön dieser Abend ausgeklungen war, so disharmonisch, laut und misstönend würden mich die Klänge dieser Nacht wach halten.

»Denn eines ist klar: Fast jedem von uns wird irgendwann einmal die Hand ausrutschen. Es bringt nichts, hinterher ein rabenschwarzes Gewissen zu haben, es sei denn, die Hand hat in dem Moment gerade eine schwere Eisenstange oder eine siebenschwänzige Lederpeitsche gehalten. Oder vielleicht den Trommelrevolver, den man irrtümlich im Küchenregal gelagert hatte – da gehört er nicht hin! –, trotzdem, es kann passieren. Es ist ein Betriebsunfall – nicht mehr und nicht weniger.«

Ich wusste es, und das war nur die Ouvertüre. Mein satirisches Hirn würde von hier ab immer weiter machen. Die ganze Nacht. Mit nichts würde ich es beruhigen können. Ich versprach ihm, es zum diesmal wirklich letzten Howard Carpendale-Konzert mitzunehmen, wenn es mich nur schlafen lassen würde.

»Denn eines ist klar: Fast jedem von uns wird irgendwann einmal die Hand ausrutschen. Es bringt nichts, hinterher ein rabenschwarzes Gewissen zu haben. Denn diese miesen kleinen Hosenscheißer, diese widerlich sabbernden Schmarotzer haben nichts anderes verdient. Haben sie schon einmal den Gesichtsausdruck ihres Kindes beim Wickeln gesehen? Erkennen sie da Dankbarkeit oder Höflichkeit? Oder sehen sie nicht auch das diabolische Grinsen der Wohlfahrtsgesellschaft, während wir Sklaven die Kacke wegschleifen müssen. Bitte sehr, jetzt noch den Arsch absalben und mich dann pronto zur nächsten Mahlzeit tragen! Und wann morgens aufgestanden wird, bestimme immer noch ich! Und morgen Früh wird das wohl vier Uhr werden. Wer würde da nicht irgendwann mal besinnungslos auf sein Kind einprügeln? Wenn es eine Ausnahme bleibt, ist es ein Betriebsunfall – nicht mehr und nicht weniger.«

Ruhe! Bitte gib doch Ruhe! Ich wollte nicht mehr. Ich wollte einfach nur schlafen. Meine Ruhe haben.

»Eines ist klar: Fast jedem von uns wird irgendwann einmal die Hand ausrutschen. Dann schreiben auch wir Elternbriefe voller Pille-Palle-Wahrheiten und zocken dafür das große Geld vom Ministerium ab. Es bringt nichts, hinterher ein rabenschwarzes Gewissen zu haben – wenn es eine Ausnahme bleibt. Es ist ein Betriebsunfall – nicht mehr und nicht weniger.«

Ruhe? Sah das nach Ruhe aus? Scheinbar. Aber ich kannte mein Gehirn. Das war höchstens die Ruhe vor dem Sturm, eine kurze Atempause, bevor es wieder mit schwerstem Kaliber auf mich loshämmerte. »Eines ist klar: Fast jeder von uns wird irgendwann einmal in einem Riesenharem Frauen vergewaltigen, ein paar Vernichtungslager bauen, Fremde und anders Denkende systematisch vernichten, ein paar Atombomben auf Feindesland werfen, einen Weltkrieg anzetteln. Es bringt nichts, hinterher ein rabenschwarzes Gewissen zu haben.«

Ahhh! Ich hielt das nicht mehr aus. Ich rannte zum Kühlschrank, wo immer eine Notreserve Bier lagert. Hastig öffnete ich die Flaschen und schüttete den Inhalt eilig und freudlos in mich hinein. Ich hörte förmlich die Erstickungsgeräusche, als mein satirisches Hirn in den tosenden Wogen des Alkohols ersoff. Am nächsten Morgen fühlte ich mich nur ein wenig besser. Ich konnte doch nicht immerzu Alkohol trinken, nur um nachts schlafen zu können? Aber dann dachte ich mir: »Es bringt nichts, hinterher ein rabenschwarzes Gewissen zu haben – wenn es eine Ausnahme bleibt. Es ist ein Betriebsunfall – nicht mehr und nicht weniger.«

Heaven's knocking on door

ES KLINGELTE AN MEINER TÜR und ich rief: »Moment, komme gleich.«

Der Flur war so lang und ich hatte noch keine Hausschuhe an. Während ich nach vorn eilte, saß einer der Latschen noch nicht so richtig auf dem Fuß. Ich probierte, ihn beim Laufen anzuziehen, dabei schlurfte ich natürlich ganz schön. Beinahe stolperte ich sogar, konnte mich aber noch abfangen, sodass sich die Sohle des Latschens quer aufstellte und ich mit meiner weichen Fußinnenfläche voll auf die harte Kante der quer stehenden Korksohle trat. Das tat sehr weh. Ich blieb stehen und zog den Schuh richtig an. Inzwischen klingelte es Sturm. Ich konnte aber nicht schneller laufen, denn mir tat ja meine rechte Fußinnenfläche weh, besonders beim Auftreten. Ich versuchte vorsichtig, auf dem linken Fuß zu hüpfen. Aber mit diesen Latschen ging das schlecht. Sie fielen mir vom Fuß und beinahe wäre ich auch noch mit meinem linken Fuß auf eine Sohle getreten.

Nach diesen dramatischen Ereignissen erreichte ich zum Schluss doch noch die Wohnungstür. Vor der Tür stand Sandra Bullock in ihrem

Abendkleid aus dem neuen Film. »Hallo Sandra, na komm rein«, sagte ich zu ihr.

»Na hör mal«, sagte Sandra Bullock, »was ist denn das für eine Begrüßung? Freust du dich gar nicht, mich zu sehen?«

»Doch schon, komm ruhig rein. Aber ich bin gerade mit dem rechten Fuß auf die Sohle von meinen Hausschuhen getreten und das tut tierisch weh.«

»Das kenn' ich«, sagt Sandra Bullock. »Für meinen letzten Film musste ich Schuhe mit ganz hohen Absätzen tragen, wie ich sie normalerweise nicht trage. Das ist mir ganz schön schwer gefallen. Aber insgesamt haben die Dreharbeiten eine Menge Spaß gemacht.«

»Sag mal, kannst du nur über dich reden?«, frage ich sie. »Ich bin gerade auf eine Schuhsohle getreten und du laberst über deinen letzten Film.«

»Tut mir leid«, sagte Sandra Bullock, »ich dachte, du würdest total ausflippen, wenn ich zu dir in die Wohnung komme. Ich weiß jetzt irgendwie gar nicht, wie ich mich verhalten soll.«

»Ja früher, da wäre ich vielleicht noch ausgeflippt. Damals, als ›Speed‹ rausgekommen war und dich noch niemand kannte. Da fand ich dich total gut, weil du mich auch an meine Ex-Freundin erinnert hattest. Aber jetzt ist es eigentlich nichts mehr Besonderes. Bestimmt auch, weil mir ›Während du schliefst‹ so auf den Zeiger gegangen ist. Willst du eine Fanta trinken?«

Sandra Bullock guckte deprimiert. Die hatte gedacht, sie würde zu ihrem größten lebenden Fan gehen und ich fand mittlerweile sogar schon Liv Tyler nicht mehr so toll wie Angelina Jolie.

Und ich hatte so im Gefühl, lange hielt ich das mit der Jolie auch nicht mehr aus.

Ich probierte, Sandra aufzuheitern: »Komm schon. Ich habe Fanta ›Wild Berry‹, ›Mandarine‹ oder ›Melon‹.«

»Na gut, ein Glas ›Melon‹.« »Ich mach' dir das gern, aber ich muss dich warnen. Ich hatte gedacht, das schmeckt lecker dezent nach Wassermelone, schmeckt in Wirklichkeit aber so, als ob ein Zug mit Restmüll aus Bitterfeld einen Zuckerlaster gerammt hat.«

»Macht gar nichts.«

Ich goss Sandra Bullock ein großes Glas Brause ein, mit Eis, weil die ist ja Amerikanerin. »Hier ist deine Fanta. Was guckst du denn so?«

»Ich hatte mir den ganzen Tag anders vorgestellt. Ich hatte mir extra den Flug rausgesucht, mit dem Taxi von Tegel hierher, dann die vier Treppen. Und dann dachte ich, große Umarmung, ich höre dein Herz zerbrechen und den Aufprall deines Unterkiefers auf dem Fußboden, wir umarmen uns leidenschaftlich, Sex, usw.«

»Ja Mädel, aber so geht das doch alles nicht. Ich meine, ich will ja jetzt nicht immer auf meinem Fuß herumreiten, aber es ist doch nicht so, dass irgendjemand in seiner Wohnung sitzt und auf Sandra Bullock wartet. Was stimmt, mein Unterkiefer knackt in letzter Zeit immer so beim Essen.« Sie sah immer noch traurig aus. »Ich könnte dir höchstens ans Bein fassen, wenn du möchtest.«

»Ich brauche kein Mitleid!«, zischte sie giftig.

»Na gut, dann ruh dich erst mal aus«, sagte ich erschrocken. »Die Zeitumstellung und so weiter, das macht einen ja ganz kirre. Hier im Wohnzimmer kannst du auf dem Sofa schlafen. Wenn man bei der Klospülung zweimal drückt, geht sie wieder aus, und die Dusche auf zwei Zentimeter Richtung warm einstellen und dann immer laufen lassen, nicht mehr verändern. Alles andere findet sich schon.«

Dann blieb Sandra Bullock ein paar Tage bei mir zu Hause. Erst war es ja ganz interessant, aber besser als andere Untermieter war sie auch nicht. Und leider war sie nur so wie auf dem Foto gekommen. Und in dem scheiß Synthetikkleid fror sie entweder oder schwitzte. Eine Decke konnte ich ihr geben. Jetzt schwitzte sie nur noch.

Ich sagte: »Weißt du Sandra, du bist auch 'ne Marke. Fährst um die halbe Welt ohne Wechselwäsche.«

Ich gab ihr eine alte Zahnbürste von mir, mehr konnte ich nicht machen. Ab dem dritten Tag roch sie dann ganz schön streng.

»Ich hab mir das überlegt«, sagte Sandra am vierten Abend zu mir, »fass mir ruhig ein bisschen ans Bein, besser als gar nichts.«

»Äh, tut mir leid, also, ich habe Schuppenflechte gerade. Ich will dich nicht anstecken.«

Ihre Beine sahen mittlerweile richtig stoppelig aus. Mit Jeans wäre das ja gegangen, aber in diesem nicht mehr ganz taufrischen, roten, hochgeschlitzten Abendkleid?

»Sandra«, sagte ich, »wird Zeit, dass sich unsere Wege wieder trennen. Wir haben beide genug zu tun und ich habe keinen Bock mehr, hier jeden Tag literweise Fanta ›Melon‹ hochzuschleppen. Du hast doch bestimmt noch andere Freunde, weiß ich, in Hollywood oder so.«

»So einen Typen wie dich habe ich noch nie erlebt. Zum Beispiel: Ich bin Millionärin. Bedeutet dir das gar nichts?«

»Sandra, was soll's? Ich weiß nicht mal, was ich mir von meinem eigenen Geld kaufen soll. Wenn jetzt noch deine Millionen dazukommen, würde ich richtig deprimiert sein. Für das meiste, wofür man übriges Geld ausgeben soll, habe ich sowieso keine Zeit. Tu mir einen Gefallen und geh im Guten. Dann guck ich mir auch morgen den Film an, von dem du die letzten Tage immer so viel erzählt hast.«

Ich brachte Sandra Bullock noch zur Tür, zur Überraschung gabs ein Reisefläschchen Fanta und einen Abschiedskuss auf die Wange. Ich war froh, als ich endlich wieder meine Ruhe hatte.

Ein kurzer Augenblick

DIE SZENE: EIN RAUM. In der Mitte: ein großer viereckiger Tisch aus lackiertem Hartholz. Durch die Fenster fällt Sonnenlicht und beleuchtet das bunte Durcheinander von Zuckerdose, Salzstreuer, Servietten und Brotkorb. Im Inneren des Raums erkennen wir einen Küchenbereich, zu den Fenstern erstreckt sich ein Wohnbereich mit Sofa, Sesseln und Teppichen.

Eine amerikanische Küche, denken wir und fragen uns sofort, wie die Amerikaner wohl zu dieser Küche sagen würden. So etwas habe ich noch nie gesehen, würden die meisten Amerikaner aus Ecuador wohl sagen. Das nur am Rande.

Eine Frau betritt die Küche. Sie liegt irgendwo bei 25 Jahren innerhalb einer statistischen Schwankungsbreite von drei Jahren. Ihre verlangsamte und vergröberte Motorik, die geschwollenen Augenlider und der wenig geordnete Zustand ihres Äußeren lassen nur zwei Schlussfolgerungen zu: entweder sie hat eine seltene neurologische Erkrankung oder sie ist noch müde. Sie öffnet verschiedene Schranktüren, sucht sich mit Hilfe von viel Versuch und Irrtum die notwendigen Utensilien zusammen und kocht zum Schluss eine Kanne Kaffee. Sie gießt sich eine große Henkeltasse voll, setzt sich an den

Küchentisch und starrt in den Dampf des heißen Getränkes.

Unterdessen betritt ein Mann die Küche. Auch er sieht frisch aufgestanden, aber nicht frisch aus. Unsicher blickt er im Raum umher, registriert endlich erfreut die Kanne, sucht sich auch eine Tasse, gießt sich ein und erblickt die Frau. Er schaut sie etwas unsicher an, vom Alter her könnten sie zueinander passen, sein Gehirn funktioniert noch nicht gut genug, um zwischen verschiedenen Frauen zu unterscheiden. Der Pavian ist schon aufgewacht, aber der Mann schläft noch. Hoffentlich wird das heute nicht wieder so ein Tag, wo der Mann in ihm den ganzen Tag nicht aufwacht oder sich nur für ein paar Stunden meldet. Aber dann geht er eben wieder schön in die Muckibude, da muss man sowieso nicht denken und sieht hinterher stark aus.

Der Moment, in dem er die Frau, oder doch zumindest das, was im Laufe des Vormittags eine Frau zu werden versprach, hätte küssen können, ist längst vorbei. Mit einem unsichtbaren Schulterzucken setzt er sich neben sie und starrt mit in den Kaffee. So sitzen sie nebeneinander. Könnte sein, dass sie modisch angezogen sind, jedenfalls nicht bequem. Irgendeiner Generation werden sie schon angehören, aber da muss sich jemand anders drum kümmern, sie sind bereit, jeden Titel zu akzeptieren.

Es kommt noch jemand, noch eine Frau. Sie sieht schon ein bisschen anders als die erste Frau aus, würde aber einen Chinesen garantiert in seinem Vorurteil bestätigen, dass alle Europäer gleich aussehen. Sie leistet den chinesischen Vorurteilen weiteren Vorschub, indem sie sich auch eine Tasse Kaffee nimmt und neben die beiden anderen setzt. Jetzt sitzen drei trübe hinter drei dampfenden Tassen und starren. Eine etwas ältere Frau kommt in die Küche.

Sie hat offensichtlich schon geduscht und auch etwas angezogen. Dass der Kaffee alle ist, scheint ihr nichts auszumachen. Mit routinierten Griffen wirft sie den alten Filter in den Mülleimer und kocht die nächste Kanne. Sie setzt sich auch an den Tisch, wird kurz misstrauisch von der bisherigen Versammlung angesehen, danach ignorieren sich wieder alle.

Zum Schluss betritt ein Kind den Raum. Es ist ein vielleicht zehnjähriges Mädchen. Wer kann das heutzutage noch so genau sagen, jedenfalls scheint es noch nicht zu pubertieren, sonst würde weniger Kleidung und mehr Tätowierung seinen Körper bedecken.

Unsicher geht es zum Küchentisch, schaut sich suchend um und setzt sich schließlich auf den freien Stuhl. Es schaut in die Runde, ohne Blickkontakt zu finden. Es setzt sich etwas zu laut auf seinem Stuhl zurecht. Es räuspert sich. Keine Reaktion. Schließlich liegt es an dem Mädchen, das Wort zu erheben:

»Macht mir einer von euch jetzt Frühstück?«

Vier Augenpaare richten sich jetzt auf sie. Doch mehr als Ratlosigkeit ist nicht auszumachen.

»Macht mir einer von euch jetzt Frühstück?«, wiederholt sie ihre Frage.

Wahrscheinlich wegen der schon stattgehabten Dusche kann die etwas ältere Frau als Erste reagieren: »Wo sind denn deine Eltern?«

»Was weiß denn ich?«, sagt das Mädchen. »Ist nicht einer von euch jetzt meine Eltern?«

Die Gesellschaft am Küchentisch schaut sich fragend an. Dass man mal in einer Nacht über die Stränge schlägt und Dinge tut, vor denen man immer gewarnt wurde, na gut. Aber dass man eine ganz wilde Zeit durchmacht und dann plötzlich mit einer zehnjährigen Tochter am Küchentisch aufwacht, an die man keinerlei Erinnerung hat, davon hatten sie noch nie gehört. Alle schütteln den Kopf.

»Aber das ist doch hier bei *Muttitausch*«, sagt das Mädchen. »Meine Mutter ist zu irgendeiner Familie ins Ruhrgebiet gegangen und eine von euch ist jetzt meine Mutter.«

Ratlos gehen die Blicke zu der etwas älteren Frau. Aber die wehrt sofort ab: »Schaut mich bloß nicht so an. Ich habe damit überhaupt nichts zu tun. Ich bin gecastet für *Total Makeover*. In den nächsten Wochen wird aus mir endlich wieder ein Mensch gemacht. Alles umgefummelt, *alles*. Nase kleiner, Ohren angelegt, Gesichtshaut gestrafft, Lippenrot aufgespritzt, Kinn aufgebaut, Haartransplantation, Krähenfüße unterspritzt, Augen gelasert, Nasenhaare verödet, Brüste drei Körbchengrößen größer, Bauch weg, Orangenhaut wegtransplantiert. Und natürlich Stil-, Make-up-, Typ-, Job-, Partner- und Wohnberatung. Alles!«, sagt sie mit einer Mischung aus Stolz und Erschöpfung. »Kinder habe ich keine und kann ich mir auch gar nicht leisten. Die würden mich in drei Wochen nicht mehr erkennen. Ich habe die Auflage, mich danach sofort beim Landeseinwohnermeldeamt wegen neuer Personaldokumente zu melden.«

Die erste junge Frau meldet sich nun zu Wort: »Ich dachte, wir wären hier im Haus. *Dem Haus*.

Zehn Wochen Pipifax und zum Schluss bekomme ich eine Million.«

»Blödsinn«, sagt die andere. »Das ist hier die *Bitch Academy*. Zehn Frauen kämpfen um einen Produzenten und einen Plattenvertrag.«

»Hallo«, sagt die erste. »Hallo.« Sie zeigt auf den Mann neben sich. »Bist du Produzent?«, gibt die zweite nicht auf.

»Hä, nee«, sagt der Mann verdutzt.

»Oh.«

Dieses Oh hat nun viel Zeit, sich zu entfalten, während alle verdutzt ihren eigenen Gedanken nachgehen müssen. Die ältere Frau meldet sich schließlich als erste wieder zu Wort. »Ich glaube, ich weiß wo wir sind«, sagt sie nur.

»Und wo?«, fragt das Mädchen. Es wirkt etwas weinerlich.

»Ich will euch keine Angst machen«, sagt die Frau, »aber ich bin ja schon länger dabei. Ich habe damals angefangen, bei Zuschauersendungen im Radio anzurufen und meine Meinung zur aktuellen Wirtschaftspolitik zu sagen. Dann habe ich mich bei Ratesendungen im Fernsehen beworben und schließlich begann die große Zeit der Realityshows. Ich habe wirklich bei allem mitgemacht. Mein Gott, ich habe damals in Talkshows als minderjährige Tochter, die von ihrem Vater vergewaltigt wurde, angefangen und war zum Schluss die alternde Domina, die trotz Drogenabhängigkeit und der HIV-Infektion ihres Schäferhundes jetzt ein neues Leben anfangen will und Unterwäsche vorführt. Ich habe schon mehr dieser kameraverseuchten Häuser von innen gesehen als eigene Wohnungen. Und immer gab es da dieses Gerücht.«

Die Gesellschaft blickt sie gebannt an.

»Welches Gerücht«, sagt die erste jüngere Frau. Die Spannung ist unerträglich. Kaffee braucht keiner mehr an diesem Tisch. Nirgendwo hört man eine Uhr ticken.

»Das Geisterhaus«, sagt die Alte schließlich. »Das Haus nach deinem allerletzten Casting. Hier gibt es keine Kameras, aber auch keine Türen mehr. Hier leben die Untoten. Kein Kontakt mehr zum wirklichen Leben, aber auch keine einzige Sendeminute. Das Ende.«

Die zweite junge Frau bricht in Tränen aus: »Aber ich hatte doch meine ganze Karriere noch vor mir.«

Der Mann ist von seinem Stuhl aufgesprungen und läuft wie Rilkes Panther durch die Küche. »Nein!«, schreit er immer wieder. »Nein!« Er schlägt mit der Faust gegen die Wände. »Das kann nicht sein!«

Das Mädchen schluchzt: »Ich war noch nicht einmal: ›Meine Freundin hat mit meinem besten Freund geschlafen‹ und schon soll mein Leben zu Ende sein.«

Die Alte schließt sie tröstend in ihren Arm. Auch sie kann ein paar Tränen nicht unterdrükken. »Ich weiß!«, sagt sie beruhigend. »Ich weiß. Alles wirkt auf einmal so sinnlos und leer.«

Plötzlich wird uns bewusst, dass wir und niemand diese Szene eigentlich sehen sollte. Die Kamera fährt langsam zurück, und in dem Moment, als uns klar wird, dass es ja gerade keine Kamera gibt, verschwindet schlagartig das Bild.

Die traurig wahre Geschichte von Super-Bernd und seiner Sibylle

An der Kreuzung hat eine Frau ihr Fahrrad zum Stehen gebracht. Wer sie dabei beobachtet hat, könnte auch den Eindruck gewonnen haben, das Fahrrad habe die Frau zum Stehen gebracht. Plötzlich schien das Gefährt, einem Pferde gleich vor der roten Ampel zu bocken und zu holpern, kaum wurde sie Herr über die rohen Kräfte der Vektorphysik, stieg, nahezu hektisch gar, aus ihrem kunstledernen Sattel, brachte die Füße zu Boden, erst kurz auftippend, dann immer länger auf dem Boden schleifend und so, letztendlich das Velo zum Stehen, das doch noch oft so treffend als Drahtesel bezeichnet wird.

Jetzt, da die Bewegung zum Stillstand erstarrt ist, ein Stillstand, der, wie wir wissen, jedoch nicht sehr lange anhalten wird, geht der Blick der Frau schon gebannt zur Ampel, des Grünens selbiger sicher. Nutzen wir also diesen kostbaren Moment um von ihm eine Aufnahme anzufertigen. Die Frau ist klein und heißt Sibylle. Sie hätte sich im Laden ein ihr angemesseneres Fahrrad aussuchen sollen, dieses hier betont noch ihre im statistischen Vergleich mit der Gesamtbevölkerung unterdurchschnittliche Körperlänge. Jetzt, da sie abgestiegen ist, fragt man sich, ob ihr der Vorderpol des Sattels nicht im Nacken sticht. Ihren Entschluss, die Haare so lang wachsen zu lassen wie es eben geht, hat sie nie bereut. Trotz stundenlanger Sitzungen mit Bürste und Kamm, bei denen sie oft schon beinah verzagt wäre, kann sie doch immer wieder der Anblick im Spiegel erfreuen, wenn die Haarspitzen ihre Lendenwirbel umspielen. Ihrem Friseur gegenüber hatte Sibylle einst den Wunsch nach einer Dauerwelle zum Ausdruck gebracht, allerdings muss der Tag dieser Äußerung schon viele Wochen in der Vergangenheit liegen. Ihrem Facharbeiter für Damenoberbekleidung hat sie nur ein Zauberwort ins Ohr geflüstert: »Sportlich«. Und offensichtlich hat der zurückgeflüstert: »Dann geh mal zu *Pimkie*, die haben das viel günstiger als wir.« Jetzt trägt sie ein helles T-Shirt mit bunten Streifen, Strümpfe und Turnschuhe. Am auffälligsten jedoch ist ihre Hose, die – wie soll man es ausdrücken? – letztendlich einfach mit steingrauem Elastiktextil ihre Anatomie nachzeichnet und dann jäh über der Hüfte endet, sodass noch ein Stück Rumpf bis zum T-Shirt frei bleibt, auf dem vorn ein Bauchnabel und hinten eine Tätowierung die Zentralpunkte des Gesamtkunstwerkes darstellen.

Während wir noch diesen Augenblick erfassen, nehmen wir ein immer lauter werdendes Geräusch wahr, ein zuerst mit den Knochen gehörtes, dann zunehmend dröhnendes, majestätisches Scheppern. Es nahet unser eigentlicher Held,

Bernd. Unter ihm befindet sich eine gigantische Apparatur, Material genug, den Assuan-Staudamm noch einmal zu erbauen und ein Stahlwerk daneben zu stellen. Es ist ein Motorrad. Soundsoviel Kubikzentimeter, mordsviele Pferdestärken und Kilometer pro Stunde im dreistelligen Bereich. Und obwohl Bernd praktisch darauf liegt, mit seinen Beinen gerade die Pedale erreicht und sich dann ordentlich nach der Lenkstange strekken muss, obwohl das Gewicht der Maschine das Bernds um ein Vielfaches übersteigt, obwohl die Maschine kräftiger ist als er, schneller und technisch ausgereifter, so ist es doch keine Frage, wer Ross und wer Reiter ist. Bernd ist der Ritter in schillernder Rüstung und er hat sich den Hobel Untertan gemacht. Sein Integralhelm hat seinen Windwiderstandswert halbiert, seine gepolsterte Lederuniform glänzt schwarz in der Sonne. Bernd sieht so widerstandfähig, so gewappnet aus, dass man sich des Gedankens nicht erwehren kann, dass er, müsste er entgegen seinem Willen bei voller Fahrt von dem Gefährt absteigen, dann mit seiner Rüstung, die sicher nicht nur Wasser, sondern auch Staub und den grauen Asphalt der Straßen an sich abperlen ließ, gleiten würde wie ein Luftkissenboot, durch ganz Deutschland und Frankreich, bis Spanien und Portugal, wo er seinen eigenen Schwung durch einen beherzten Griff seiner stulpenhandschuhbewehrten Hände an den linken unteren Pfosten eines Bademeisterturms bremsen, sich majestätisch seiner Rüstung entledigen und unter den staunend bewundernden Blicken der Massen ein sonnenumtostes Bad im Atlantik nehmen würde.

Bernd hatte seinem Motorrad an der vorigen

Ampel nur ein einziges Mal Gas gegeben, damit die Maschine nicht übermütig würde. Nun lenkt er die letzte Kraft dieses Stoßes mit souveräner Hand unter das Licht der roten Ampel und bringt seinen Untersatz gebieterisch nur Millimeter vor der weißen durchgezogenen Linie zum Stehen. Die Straße erbebt, die Blicke gehen zu ihm, er ist das schon gewohnt. Jeder an der Kreuzung spürt die Kraft seiner Maschine und die Macht von Bernd. Selbst die Hunde, für die Kubikzentimeter kein fassbarer Begriff sind und Pferdestärken nur in ihrer sehr konkreten, eigentlichen Bedeutung verstehbar sind, scheinen es zu wittern. Es ist das Testosteron der Macht, das Bernd und seine Maschine ausströmen. Wahrscheinlich wissen auch die Mücken Bescheid.

Doch unser Held hat für das Spektakel, das er verursacht, keinerlei Sinn. Er registriert nicht die Blicke der Kinder und das bebende Pochen der Männerherzen. Er denkt nicht an das nahende Umschalten der Ampel. Bernd schaut auf Sibylles Hintern in der elastikgrauen Sporthose. Mein Gott, denkt Bernd, eine falsche Bewegung und diese Hose verschwindet mit einem schnappenden Geräusch im Tal dieses majestätischen Gebirges der Weiblichkeit. Es wird eng an der Stelle seines Lederanzuges, die auf der Sitzbank aufliegt. Bernd starrt. Kaum beachtet er das zarte Spiel Sibylles mannigfach gespaltener Haarspitzen um die Tätowierung nur wenig höher. Bernd starrt.

Kaum will man es für möglich halten, aber Bernd, unser Held, ist tatsächlich noch ungebunden. War das Licht seiner hohen moralischen Normen zu hell für den schattenseitigen Zustand unserer Welt, den wir normal nennen? Oder hielten es die Frauen nicht aus, ihren Held mit einer ganzen Welt teilen zu müssen? Bernd hat dafür eine einfachere, wie sollte es anders sein, bescheidenere Erklärung. Jenseits seiner Rüstung nämlich offenbart sich, dass Bernd in Reichtum und Wohlstand lebt und weder Hunger noch Durst je kennen gelernt hat. Ehrlich gesagt ist leicht erkennbar, dass sein Körper die dreisten Brüder Üppigkeit und Völlerei häufig zu Besuch hatte. Und das wiederum wird von den Frauen nicht geschätzt, die sich in seine lederne Außenhülle verguckt haben und nicht gewahren, wie beansprucht deren Reißverschlüsse dem inneren Druck standhalten müssen.

Aber Bernd hat sich etwas ausgedacht, um die Frauenherzen zu erobern. Wenn er es auf eine Frau abgesehen hat, dann zeigt er ihr, was er alles mit seinem Motorrad zu leisten im Stande ist. Er drückt sich nicht mit Worten oder Liedern, Tänzen oder Malereien aus, Bernd spricht durch sein Motorrad. Sieh, so will er damit sagen, was ich durch Fleiß und Mut zustande bringe. Es gibt keine Mühe, die ich scheue, wenn ich etwas wirklich will. Und du siehst, diese Aufgabe habe ich gemeistert. Jetzt will ich weiter im Leben. Es steckt noch so viel Liebe in mir, die ich verschenken kann. Und wenn er jetzt Sibylle von hinten sieht, dann ist er verliebt.

Die Ampel schaltet Grün. Geistesgegenwärtig schaltet Bernd kaum messbare Sekundenbruchteile später in den ersten Gang. Im exakt gleichen Moment ist sein Motorrad in Bewegung, als ob es niemals gestanden hätte – wann hat er es eigentlich beschleunigt? –, und dann liegt Bernd schon trotz höchster Geschwindigkeit mit Eleganz und Präzision in der Kurve und ist kaum noch ein schwarz glänzender Punkt am Horizont der Stadtwüste. Zurück bleibt für eine Weile das dumpfe Vibrieren der vier Zylinder mit den zwölf Ventilen.

Es hat geklappt. Sibylle ist in Bernd verliebt. Alle seine Berechnungen sind genauestens aufgegangen und haben gleich Amors Pfeil mitten in ihr Herz gebohrt. Außerdem musste sie denken, dass da doch noch ein paar Zentimeter Platz auf der Sitzbank waren, und das könnte dann ihr Platz sein und sie müsste sich nicht mehr mit dem bockigen Fahrrad um jeden Meter streiten, den sie zurücklegen wollte, sondern könnte im Bereich der Überschallgeschwindigkeit jeden Punkt der Welt in kürzester Zeit erreichen. Auf Bernds Bauch liegend bis an den Atlantik rutschen und dort die Gebühren fürs Sonnenstudio sparen. Herrlich. Doch Bernd, der Mann, in den sie sich gerade unsterblich verliebt hat, ist schon weit weg. Er und Sibylle werden sich nie wiedersehen. Er sollte vielleicht noch mal an seiner Eroberungsstrategie arbeiten.

Mühsam quält sie sich auf den Pedalen hoch und bringt den Sattel des wackligen Gefährts unter ihre steingraue Elastikhose. Ein Auto, das abbiegen will, hupt ungeduldig. Hoffentlich kommt sie rechtzeitig zu ihrer Arbeit.

Das erste Buch

Es war zu der Zeit, als die Menschen die alten Götter davongejagt hatten. Sie waren auf den Olymp geklettert, der ehrlicherweise kein sehr hoher Berg war, und hatten dort weder den blitzewerfenden Zeus noch die kluge Pallas Athene angetroffen. Oben auf dem Olymp gab es nur ein paar Steine und Gras und vielleicht ein paar Bäume weniger als am Fuße des Olymps. Der Wind wehte etwas kräftiger, aber von Göttern war nichts zu sehen. Noch nicht einmal ein kleiner Halbgott wie der Schmied Hephaistos oder der Götterbote Hermes waren zu sehen. Hier lagen keine zwei Steine aufeinander, geschweige denn, dass hier ein den Göttern würdiger Palast zu finden war. Die Menschen gingen enttäuscht wieder nach unten. Aus Gewohnheit besuchten sie einige Jahre weiter die prächtigen Tempel, die sie zu Ehren von Zeus, Poseidon und Pallas Athene auf der Erde errichtet hatten, aber nach und nach verloren sie das Interesse und übergaben die Tempel dem Spiel des Regens und der Winde. Gott, so glaubten sie nun, müsse im Himmel, hoch oben über den Wolken wohnen und auf die Erde hinabblicken.

Die Menschen blickten in den Himmel, schauten hinauf zu den Sternen und versuchten zu verstehen, was Gott ihnen mitteilen wollte. Weil sie die Antworten der Sterne und des Himmels nicht verstehen konnten und weil sie noch häufiger ihr Schicksal nicht verstehen konnten, über das doch Gott wachte und bestimmte, versuchten sie alles, um IHN besser verstehen zu können. Sie fertigten Himmelskarten an, berechneten den Verlauf der Sterne und Planeten am Firmament. Das Ergebnis war, dass einer der klügsten in seinen ausgeklügelten Berechnungen auf den immer wieder selben Fehler stieß, den die Sterne machten. Er prüfte seine Ergebnisse und stellte seine Formeln in Frage, aber es blieb dabei. Es gab einen kleinen Fehler. In seiner Verzweiflung dachte er das Undenkbare, um vielleicht besser zu verstehen, warum die Ergebnisse seiner klugen Berechnungen immer wieder diesen kleinen Fehler hatten. Er rückte die Erde aus dem Mittelpunkt der Welt. Und plötzlich stimmten seine Ergebnisse und auch die kleinen Fehler der Jahrtausende alten Formeln verschwanden. Aus Gewohnheit blieben die Menschen noch eine Weile bei der Überzeugung, dass die Erde der Mittelpunkt der Welt sei. Aber die Seefahrer wollten genau durch die Meere kreuzen und die Astronomen wollten ihre Fernrohre mit dem richtigen Winkelgrad einstellen. So wurde die Erde ein ganz kleiner Teil eines Systems um die Sonne, in einer Welt unendlich vieler Sonnen mit noch mehr Erden als unendlich. Gott hatte seinen Platz am Himmel verloren.

Natürlich ist Gott kein alter Mann mit einem Bart, riefen die Priester. Gott ist die Natur um uns herum. Habt ihr schon einmal eine wunderschöne grüne Pflanze mit roten Blütenblättern aus einem Haufen schmutziger Erde wachsen sehen? Habt ihr schon einmal das Wunder der Geburt erlebt? Da ist Gott überall. Die Menschen, die immer noch viele Fragen an Gott hatten und weiterhin sehr häufig unzufrieden mit ihrem Schicksal waren, hatten weiterhin viele Fragen an Gott. Wenn ER die Natur war, warum hatte ER sie dann mit so unvollkommenen Nasen ausgestattet? Wenn ER für alles verantwortlich war, warum gab es dann Kriege? Warum hatten die anderen so viel mehr Gold, das ER doch in dieser Welt verteilt hatte? Da sie IHN und SEINE Antworten nicht verstanden, unternahmen sie alles Menschenmögliche, IHN besser zu verstehen. Sie bauten Mikroskope, mit denen sie herausfanden, dass alles auf der Welt aus winzigkleinen, immergleichen Bausteinen besteht. Sie fertigten Reagenzgläser, in denen sie SEINE Experimente mit zunehmender Kunstfertigkeit nachstellten, um SEINE Denkweise besser zu verstehen. Nur der Vollständigkeit halber flogen sie noch in das Weltall, um auch im Rest des Universums die Gültigkeit dieser Prinzipien bestätigt zu bekommen. Sie erwarteten längst nicht mehr, in den teilchenlosen Weiten des Alls jemanden zu treffen.

Langsam hatten die Menschen alles verstanden, was es in ihrer Welt zu verstehen gab. Die Kinder lernten in der Grundschule, wie Blitze und Winde entstanden und warum der Apfel von seinem Ast nicht wegfliegt, sondern herunterfällt. An jeder Universität wurde die Embryonalentwicklung nach der Verschmelzung zweier einsträngiger Desoxyribonukleinsäuren zu einem vollständigen Genom in den Grundkursen gelehrt. Im Internet konnte man nachsehen, welche Genmutation welche Krankheit auslöste oder welche Struktur ein Vanadium-Atom hatte. Alles war vergänglich, der wahrscheinlichste Zustand jeden Lebens war der Tod. Und am Ende würde alles ein möglichst gleich verteilter Zustand sein. Schon ein paar Jahrzehnte vorher hatte darum ein Philosoph ausgesprochen, was damals noch keiner zugeben mochte: »Gott ist tot.«

Aus Gewohnheit gingen die Menschen noch ein paar Jahre weiter in ihre Kirchen und beteten zu Gott. Aber einen richtigen Grund konnten sie nicht mehr nennen. Ihre Ernten verbesserten sie durch Dünger, ihr Vieh mästeten sie mit Hormonen und gegen Gewitter bauten sie Blitzableiter. Gott war tot.

Unglücklicherweise hatten die Menschen immer noch sehr viele Fragen an Gott, und der Umstand seines Todes war in dieser Hinsicht sehr wenig hilfreich. Obwohl man wusste, dass das Blau des Himmels auf die Streuung des Lichts und die Glücksgefühle auf das Wirken des Serotonins zurückzuführen war, blieb doch immer noch die Frage, warum einen der blaue Himmel eines Sommerabends in Glücksgefühle versetzte? Warum waren sie nicht glücklich, auch wenn sie alles hatten? Warum gab es Reichtum und Armut, vor allem aber Armut? Warum gab es Kriege und wo würden die Menschen nach ihrer Vernichtung in Kriegen sein? Und vor allem: Warum waren die Menschen nicht perfekt, warum starben sie immer noch, obwohl sie doch jedes Gen und jede Körperzelle genauestens kannten?

Ein neuer Gott würde kommen und die Menschen würden sich später fragen, ob er gekommen war, weil sie ihn brauchten oder ob höhere Mächte im Spiel gewesen waren. Der neue Gott ließ solche Fragen gern zu. ER war ein sehr sympathischer Gott, dessen Existenz so eindeutig, so dinglich war, dass ER sie nicht zu behaupten brauchte. Zuerst standen seine Altäre nur in einigen abgedunkelten Zimmern der Reichen und Aufgeklärten, der Studierten und Gebildeten, kurz, der Ersten, die keinen Gott mehr brauchten, um Ebbe und Flut zu verstehen. Aber in kurzer Zeit breitete sich der Glaube aus. Land für Land, Kontinent für Kontinent, wo immer es Menschen gab, wuchs die Schar der Jünger praktisch täglich. Die Altäre wurden immer prächtiger, die ersten Kirchen, große Paläste wurden errichtet. Die Priester, zuerst obskur belächelte und mit Argwohn betrachtete Randfiguren, wurden zum Mittelpunkt der Gesellschaft, über die jedermann sprach und deren öffentliche Achtung weit über alle anderen Menschen hinausging. Gott war nicht tot, Gott war Fernsehen.

Natürlich gab es auch ein paar Ungläubige, Menschen, die stolz verkündeten, dass sie keinen Fernseher hätten. Aber gerade an ihnen wurde der Erfolg des neuen Glaubens überdeutlich. »Wie geht denn das, ohne Fernsehen?«, wurden die Ungläubigen befragt, die trotzig entgegneten: »Das geht sehr gut. Man braucht überhaupt kein Fernsehen.« Diese Antwort war so offensichtlich eingeübt und zeugte von ähnlicher Freudlosigkeit wie die Behauptung, man könne auch ohne Alkohol fröhlich sein. Wer so etwas betonen musste, machte noch offenbarer, wie schmerzlich er den Verlust, das Manko spürte. Bei den Gläubigen lösten solche Menschen missionarische Impulse aus. Die Ungläubigen erhielten von allen Seiten Fernseher als Geschenk angeboten. Den Missionaren war dabei stets auch eine Dringlichkeit anzumerken, die Seele des Heiden aus dem Fegefeuer der Ignoranz zu retten. »Ich glaube, bei meiner Oma auf dem Dachboden steht noch ein alter Apparat. Nichts Besonderes, keine Fernbedienung. Aber vorerst sollte er ausreichen. Jetzt habe ich gerade keine Zeit, aber ich kann ihn dir vielleicht heute Nachmittag vorbeibringen.«

Die meisten Ungläubigen hielten nicht lange stand. Zuerst schüttelten sie noch tapfer ihre Köpfe. Dann aber drückten sie sich immer häufiger heimlich in Gaststätten herum, wo Fernseher von den Wänden hingen. Und zum Schluss nahmen sie das Angebot irgendeines guten Gläubigen an und holten sich ihren ersten Fernseher ins Haus. Mit der Zeit bekam der Fernseher einen immer besseren Platz in der Wohnung und die dem Fernsehen gewidmeten Möbel wurden immer besser und die Fernseher wurden immer größer und prächtiger und die Nahrung des Fernsehers wurde immer reichhaltiger. Und so konnte es sein, dass nach wenigen Jahren der kleine Fernseher neben Spüle und Küchenstuhl zu einer riesigen Bildwand mit im ganzen Zimmer befestigten Lautsprechern vor einem elektrisch verstellbaren Sofa mit eingebautem Kühlschrank geworden war. Auch im Auto, in der U-Bahn, im Flugzeug, überall war Gott. Und die Menschen waren recht zufrieden mit ihrem Gott, denn sie konnten ihre Fragen loswerden und ER war auch bemüht, ihnen Antworten zu geben. Wo ER keine Antworten finden konnte, versuchte ER wenigstens, die Menschen von ihren Fragen abzulenken. Ehrlich gesagt, lenkte ER meistens ab, was aber immer noch hilfreicher als das Tun der Götter vor ihm gewesen war, wie die Menschen fanden.

Nun, da alle an IHN glaubten und die letzten Ungläubigen eine ähnlich winzige und bedeutungslose Schar waren wie die Menschen, die noch an Gerechtigkeit auf der Welt glaubten, gefiel es Gott, ein Wunder zu verbringen. ER schloss einige Menschen in seine Arme, wie er dies schon unzählige Male vorher getan hatte. ER wählte niemandem aus seinem treuen Priestervolk, das er von seiner Existenz und Güte nicht überzeugen musste. Wie die Götter vor IHM, wählte ER auf der ganzen Welt Jungfrauen aus, die Welt von seiner Omnipotenz zu überzeugen. Es waren gläubige, jedoch sehr gebrochene Existenzen, die von den üblichen Fragen der Menschen ein Übermaß stellten. »Warum bin ich nicht schön? Warum werde ich nicht geliebt? Warum verläuft mein Leben nicht so, wie ich es mir wünsche? Warum sind andere perfekter als ich?«

ER nahm diese Jungfrauen in seinen Schoß, verschloss ihre Augen, indem er ihnen die Spiegel nahm und schuf sie dann nach SEINEM Ebenbild. ER führte sie zu den Jagdgründen der Sportlichkeit, denn Sportlichkeit hatte ER immer wieder gepredigt. ER zeigte ihnen die Berggipfel der Enthaltsamkeit, denn die Schönheit des Schlankseins hatte ER immer wieder unter Beweis gestellt. ER brachte sie auf die Weiden der Brustvergrößerung, denn kleine Brüste waren ein schlimmer Makel in SEINER Welt. Er öffnete für sie seine Kleiderkammer, denn große Brüste mussten auch präsentiert werden. Und ER reichte für sie tief in seinen Tonkrug der Schminke, damit die Menschen nicht länger blass und hässlich aussahen. Und schließlich ließ ER sie große Schlucke vom Kelch des Egoismus trinken, denn Selbstbewusstsein war nun das Letzte, was zur Vollkommenheit fehlte.

Schließlich war es so weit. Er führte die Jungfrauen vor die einst verschlossenen Spiegel und hieß sie zu schauen. Verwunderung, Bestürzung, Entzückung, alle diese und noch mehr Emotionen ließen ihre neuen Riesenbrüste beben. Sie schlugen die Hände vor ihren Augen zusammen als fürchteten sie, von so viel Strahlkraft geblendet zu werden. Und immer wieder riefen sie den einen, den immer selben Ruf der Verzückung aus: »Oh Gott!« »Oh Gott! Oh Gott! Oh Gott!« Sie waren perfekt. Und mit den unzähligen Aufnahmen dieser Bilder würden sie für immer perfekt, unsterblich werden. Ihre Hülle würde altern, aber dieser Moment der Perfektion war von nun an unvergänglich. Gott hatte den Menschen geschaffen.

ER sah auf sein Werk und ER sah, dass es gut war. Mit einiger Zufriedenheit setzte ER sich auf seinem Sofa zurecht und goss sich eine kleine Flasche eiskalten Biers ein.

Vier Daumen

DAMALS, ALS DIE TIERE noch die Bestimmer auf der Welt waren, saßen sie wieder einmal gemütlich vor dem Fernseher beieinander. Damals wohnten alle Tiere noch in einer Wohnung zusammen mit Gott. Der hatte die Tiere erschaffen und daher war es ja nur gerecht, dass sie auch bei ihm wohnen durften, dachte Gott. Warum auch hätte er seine armen Schöpfungen aussetzen sollen?

Sein Lieblingstier war die Schlange, die hatte er als erstes erschaffen, als er noch gar nicht gewusst hatte, dass er Tiere erschaffen konnte und schon gar nicht, wie er das anstellen sollte. Er hatte damals eher aus Langeweile einen Strich auf ein Blatt Papier gemalt und da hatte sich herausgestellt: das war Zauberpapier und alles, was Gott darauf malte, erwachte zu Leben. Oder vielleicht lag es gar nicht an dem Papier. Jedenfalls malte Gott der Schlange schnell noch vier Beine mit jeweils vier Daumen an den Körper und vorn eine cool aussehende Zunge, denn nur so ein Filzstiftstrich, das sah nach nichts aus. Dann war er ganz zufrieden, denn mit Schlange konnte er nun zusammen fernsehen oder Playstation spielen und war nicht mehr so allein. Nach einer Weile fing Schlange an zu meckern:

»Ja, immer wenn du weg bist, dann ist es so langweilig, dann kann ich nur allein fernsehen und hänge zu Hause rum.«

Darum hatte Gott noch mehr Tiere und dann immer noch mehr Tiere geschaffen. Elefanten, Maden, Tapire, Schmetterlinge, Füchse, Gänse, Forellen und so weiter. Alle lebten bei ihm im Haus und es war ein fröhliches Haus. Nur beim letzten Tier ging Gott etwas daneben. Er wollte es gerade malen, da fiel ihm auf, dass der Biber einen seiner Filzstifte angenagt hatte, der Regenwurm bei einem anderen die Kappe nicht wieder aufgesetzt hatte, einen sich der Elefant ins Ohr gesteckt hatte und sich auf noch einen schließlich der Wasserbüffel gesetzt hatte. Kurz, der Filzstift, den Gott gerade in der Hand hatte, war leer und es war kein anderer Filzstift mehr da, der noch benutzbar war. Nun musste das letzte Tier eben so verunglückt geschaffen werden, wie Gott es bisher gemalt hatte. Es war nackt, weil das Braun für das Fell alle war. Es hatte nur zwei Daumen, weil das Schwarz irgendwo im Riesenohr des Elefanten steckte, es hatte keine Fühler, es hatte nichts. Ein nacktes Tier mit nur zwei Beinen und nur zwei Daumen, total missglückt. Er malte es noch schnell aus mit dem roten Stift, der aber ziemlich vertrocknet war, weil Regenwurm ihn als letzten benutzt hatte. Dadurch bekam das Tier eine merkwürdig hässlich rosa Färbung. »Oh Mensch!«, sagte Gott enttäuscht. Und so hieß dann auch dieses Tier.

Die anderen Tiere konnten sich über Mensch nur totlachen. Er wollte immer die Heizung hochdrehen, weil ihm kalt war. Er sammelte die ausgefallenen Haare der anderen vom Boden und deckte sich dann nachts damit zu. Er konnte mit seinen zwei Beinen weder schnell laufen noch vernünftig schwimmen. Ein einziger freundschaftlicher Stups von Bär und Mensch fiel längs hin auf seine komische Nase. Und vor allem hatte Mensch beim Playstationspielen mit seinen zwei lächerlichen Daumen nicht den Schatten einer Chance, weil ja alle anderen Tiere an jeder Hand vier Daumen hatten und dadurch viel schneller und geschickter spielen konnten. Die Tiere waren sich einig: Mensch eignete sich zum Saubermachen und Erdnüsseholen, aber sonst zu nichts.

Eines Tages kam Gott ziemlich müde nach Hause. Er hatte an dem Tag die Pyrenäen geschaffen und fühlte sich ziemlich erschöpft, denn ein Hochgebirge zu erschaffen, das war schon ein ziemlich hartes Stück Arbeit. Zu Hause herrschte wie immer Trubel. Die Tiere saßen auf dem Sofa und spielten Playstation. Gotts Kommen schienen sie nicht bemerkt zu haben. »Hallo«, sagte Gott mit seiner doch ziemlich lauten und mächtigen Stimme. »Hallo«, antworteten die Tiere, ohne vom Fernseher wegzusehen. Schlange spielte gerade *Nemesis 14 – Kampf der wahnsinnigen Karateroboter* gegen Tapir. »Ich sagte: Hallo«, sagte Gott noch einmal, diesmal mit noch mehr Kraft in der Stimme. »Was gibt es denn heute zum Abendbrot?« »Wir dachten, du erschaffst wieder irgendetwas«, antwortete Wasserbüffel. »Zum Beispiel Spaghetti mit Tomatensoße«, ergänzte Biber, denn Spaghetti waren sein Lieblingsgericht. »Heute kann ich nichts mehr schöpfen«, sagte Gott. »Dazu bin ich zu erschöpft. Ich habe heute die Pyrenäen geschaffen«, setzte er mit einigem Stolz hinzu, denn er fand, dass ihm sowohl das

Gebirge als auch der Name »Pyrenäen« besonders gut gelungen waren. »Aha«, sagte Schlange. »Dann rufen wir eben den Pizzaservice an. Ich nehme eine große Hawaii mit dickem Boden, extra Käse und dazu eine Fassbrause.« Während er das sagte, schnipste er mit dem vierten Daumen seines linken Beins eine Erdnuss in die Luft, die er lässig mit seiner Zunge fing und dann verschluckte. Dabei schaute Schlange nicht vom Fernseher auf und verpasste mit seinem Karateroboter dem von Tapir einen mörderischen Fußtritt in die Schaltkreise.

Gott wurde langsam sauer. »Wie es hier aussieht«, donnerte er, und dabei donnerte es wirklich und sogar ein paar Blitze funkelten durch das Wohnzimmer. »Alles unordentlich und nicht einmal der Müll ist hinuntergebracht.« »Ey, pass auf, du störst den Empfang«, sagte Schlange, denn durch die Blitze hatte die Bildröhre kurz geflimmert. In dem Moment kam Mensch herein mit einer riesigen Schüssel Erdnüsse für alle anderen. »Tut mir leid, Gott«, sagte Mensch. »Ich bin einfach noch nicht zum Aufräumen gekommen. Du weißt, mit zwei Daumen dauert alles viermal so lange.« Die anderen Tiere lachten hämisch. »Dann kann doch Schlange jetzt mal den Müll runterbringen«, sagte Gott. »Bist du verrückt?«, fragte Schlange entsetzt. »Ich bin kurz vor einem neuen Highscore.«

Der folgende Wutausbruch soll nicht genauer beschrieben werden. Später erzählten sich die Tiere hinter vorgehaltener Pfote, er habe apokalyptische Dimensionen gehabt. Gott nahm allen Tieren außer dem Menschen all ihre Daumen ab und kehrte die Reihenfolge seiner Lieblingstiere vollständig um. Schlange wurden für seine besondere Frechheit auch noch alle Beine abgenommen, damit er in Zukunft besonders mühevoll gehen musste.

Ja, und danach waren die Menschen die Bestimmer. Sie und Gott verstanden sich jetzt natürlich besonders gut und die Menschen sagten ihm auch immer, wie beeindruckt sie von seiner Schöpfung waren. Den Tieren aber zeigten sie, was man alles mit zwei Daumen machen konnte. Sie dressierten Elefanten und hielten sich Schlangen in Glaskästen. »Siehste«, dachten die Menschen dann manchmal, wenn sie auf die Schlangen in diese Glaskästen hineinschauten. »Siehste!«

Selbstgemachte Zettel

NACHDEM HERR OLAF auf den Knopf gedrückt hatte, war nur ein kurzes Sirren zu hören, das durch die Luft flog. Die Fernsehröhre leuchtete kurz auf und danach war der Apparat vollkommen still, so sehr Herr Olaf auch auf den Knopf drückte. Er vergewisserte sich, dass der Stecker in einer Steckdose steckte und die Sicherung der Steckdose im Sicherungskasten in Ordnung war und er die Rechnung vom Elektrizitätswerk bezahlt hatte und in allen anderen Zimmern das Licht anging und seine Nachttischlampe leuchtete, wenn er sie in die Steckdose vom Fernseher steckte, wie er auch kontrollierte, ob das Antennenkabel in der richtigen Buchse steckte und nicht möglicherweise ein Adapter verrutscht war. Herr Olaf hatte gelernt, dass Adapter eine wichtige Rolle im Leben von Apparaten spielten, sie waren für Apparate das, was für Tiere die richtige Nahrung war, jedes Mal, wenn Herr Olaf in einen Apparateladen ging und einem Fachverkäufer seine Probleme mit einem der Apparate in Herrn Olafs Haushalt schilderte, jedes Mal sagte der Fachverkäufer: »Ja, haben Sie denn auch den richtigen Adapter?« Herr Olaf hatte daraufhin für sämtliche seiner Apparate Adapter geholt und tatsächlich die beste Erfahrung gemacht. Jetzt schnurrten und surrten alle Maschinen mit Brummtönen der Zufriedenheit und machten Herrn Olaf das Leben leichter, schneller und schöner. Bis auf den Fernsehapparat, der gerade gar nichts mehr sagte, egal wie Herr Olaf auf der Fernbedienung herumdrückte oder an den Knöpfen vorn drehte.

Zuerst suchte er noch nach verborgenen Knöpfen auf der Rückwand des Fernsehers, wurde aber auch dort nicht fündig. Zu seinem Entsetzen blickten ihn lediglich noch einige freie Buchsen an, in die Herr Olaf mit Sicherheit noch ein paar Adapter hätte stecken können. »Mist!«, dachte Herr Olaf. Da er mit diesem Wort am Ende seiner Weisheit in Bezug auf Apparate angelangt war, ging er hinunter zu seinem Briefkasten. Er öffnete die kleine Blechtür und blickte auf den ansehnlichen Bodenbelag, der sich im Lauf der Zeit in seinem Briefkasten gebildet hatte. Alle paar Tage waren nämlich kleine bunte Zettel hineingeworfen worden, mit Aufdrucken wie »Fernsehkummer – Müllernummer« oder »Reparaturen von Meisterwerkstatt Abel – fachmännisch und komfortabel«. Die Zettel warben damit, dass jeden Tag, rund um die Uhr, Experten nur darauf warteten, herbeieilen zu dürfen und praktisch unentgeltlich den Fernseher, die Waschmaschine oder den Toaster reparieren würden. Herr Olaf hatte die Zettel nie aus dem Briefkasten entfernt, sondern sie immer zwischen der normalen Post auf den Boden fallen lassen, für den Fall, dass mal etwas mit einem der Apparate war. Das, dachte Herr Olaf, war jetzt der Fall. Er schaufelte mit der Hand den ansehnlichen Haufen kleiner

Zettel in den Leinenbeutel, den er von oben mitgebracht hatte, schloss den Briefkasten wieder ab und ging zurück in seine Wohnung.

Hier schüttete er den Inhalt des Leinenbeutels aus, wodurch ein kleiner Haufen auf dem Boden seines Wohnzimmers entstand. Er sortierte zunächst die vielen Zettel, schmiss doppelte, dreifache und vierfache in den Mülleimer und hatte dann einen schon viel kleineren Haufen. Herr Olaf nahm sich das Telefon und rief die Müllernummer an.

»Hallo, herzlich willkommen bei Müller-Reparaturen!«, brüllte ihm sofort eine Frauenstimme ins Ohr, die auf einer tosenden Welle elektronisch erzeugter Schlagzeugmusik zu schwimmen schien. »Und denken Sie daran: Fernsehkummer – Müllernummer!« Danach hörte Herr Olaf nur noch die laute Musik.

»Hallo?«, fragte er zaghaft in den Hörer hinein. »Hallo?«

Nach einer kurzen Zeit antwortete ihm die Frau: »Zur Zeit sind leider all unsere Mitarbeiter im Gespräch mit anderen Kunden. Bitte haben Sie einen Moment Geduld. Und denken Sie daran: Fernsehkummer – Müllernummer!«

Herr Olaf hörte sich danach noch eine ganze Weile die schlechte Musik an und legte dann auf. Bei Meisterwerkstatt Abel passierte genau dasselbe. Schreiende Frauenstimme, grauenhafte Musik, endloses Warten. Und bei »Tiger-Reparaturen – gefährlich gut, gefährlich günstig« und bei »Schulz-Kundendienst – jeder Hersteller, jede Adresse, jederzeit«.

Einige Telefonanrufe und etliche Stunden schlechter Musik später, gab es im Wohnzimmer von Herrn Olaf keinen Haufen mehr. Eigentlich lag dort nur noch ein einziger Zettel. Der Zettel war nicht bunt und nicht auf Hochglanzpapier gedruckt. Wenn man genau hinsah, erkannte man, dass die Ränder noch nicht einmal sehr glatt geschnitten waren. Es war ein einfaches Stück nicht holzfreies Papier, auf das jemand in Druckbuchstaben »Fernseher kaputt? 443 2123« geschrieben hatte. Herr Olaf hatte diesen Zettel schon beim ersten Sortieren wegwerfen wollen, ihn dann aber ganz unten im Haufen gelegt. Er hätte nie gedacht, dass er bis zu diesem Zettel mit seinen Anrufen kommen würde. Nun wählte er die Nummer.

»Wenn ich nur einen Takt Musik höre, lege ich sofort auf«, beschloss Herr Olaf. Er dachte darüber nach, ob diese scheußliche Musik dadurch noch schlimmer wurde, dass man sie aus einem Telefonhörer hörte, oder ob es nicht ein Segen war, dass man sie nicht in voller Entfaltung hören musste, wer solche Musik überhaupt komponierte und warum jede Reparaturwerkstatt sie dann kaufte. »Ein einziger Takt und das war's«, schwor er sich. Er hörte das Freizeichen. Es klingelte bei der gewählten Nummer. Klingel, klingel, klingel, ganz oft. Das war schon ungewöhnlich.

Nach einer Weile knackte es in der Leitung und eine Frauenstimme sagte: »Ja?« Eine ganz andere Frauenstimme, ohne Musik, ohne Brüllen, ohne Ausrufezeichen in der Stimme.

»Ich rufe wegen meines Fernsehers an«, sagte Herr Olaf.

»Ach so, einen Augenblick bitte«, sagte die andere Frauenstimme. Offensichtlich legte sie den Hörer ab und Herr Olaf hörte, wie sie »Siegfried!«

rief. »Ja?«, war eine Stimme im Hintergrund zu hören. »Ist für dich«, sagte die Frauenstimme.

»Guten Tag«, meldete sich eine Männerstimme bei Herrn Olaf.

»Guten Tag.« Herr Olaf hatte es den ganzen Tag nicht geschafft, mit einer echten Person zu telefonieren, dass er erst einmal Mühe hatte, sein Anliegen zu formulieren. »Äh, mein Fernseher ist kaputt, äh«, sagte er.

»Wo wohnen Sie denn?«, fragte der Mann.

»Ahornweg 17«, antwortete Herr Olaf.

»Gut, ich komme dann gleich vorbei«, sagte der Mann. »Ich esse jetzt nur noch schnell Abendbrot.«

»Gut«, sagte Herr Olaf perplex und legte auf.

Eine halbe Stunde später klingelte es bei ihm an der Tür. Herr Olaf öffnete und sah einen kleinen, dafür aber sehr alten Mann in einem blauen Overall und einer metallischen Werkzeugkiste in der linken Hand vor sich stehen.

»Guten Tag, Siegfried Demski. Wir hatten vorhin wegen Ihres Fernsehers miteinander telefoniert.«

»Ja, kommen Sie herein«, sagte Herr Olaf. Er hatte kurz den Gedanken, dem alten Mann mit der schweren Werkzeugkiste zu helfen, hielt es dann aber für unpassend.

»Wo steht denn das gute Stück?«, fragte Herr Demski.

»Im Wohnzimmer.« Herr Olaf öffnete die Tür und Herr Demski machte sich sofort an die Arbeit. Er öffnete seinen Werkzeugkoffer, prüfte mit verschiedenen Messgeräten die Spannung, holte eine Art Hörrohr heraus und schien an der Kiste zu lauschen, schraubte mit ein paar Schraubenziehern und drehte mit einer kleinen Zange. Herr Olaf fand, dass das alles vielleicht ein wenig eigenartig aussah, aber er hatte ja gar keine Ahnung.

»Das dachte ich mir schon«, sagte Herr Demski, nachdem er seine Untersuchung abgeschlossen hatte. »Ihr Fernseher ist verstopft. Ein häufiges Problem.«

»Was ist mein Fernseher?«, fragte Herr Olaf erstaunt. Er dachte, sich verhört zu haben.

»Ihr Fernseher ist verstopft«, wiederholte Herr Demski. »Es sind zu viele Leute in Ihrem Fernseher und jetzt geht er nicht mehr.«

Herr Olaf sah Herrn Demski entsetzt an. Hätte er es doch bloß noch länger bei Müllernummer ausgehalten, dachte er. So schlimm die Musik vielleicht gewesen war, alles war doch besser, als dass ein offensichtlich verrückter alter Mann in seiner Wohnung stand. Ein alter Mann, der Leuten selbstgebastelte Zettel in die Briefkästen warf und dann mit einem blauen Overall und einem Köfferchen durch die Gegend spazierte. Wahrscheinlich unterstützte ihn seine Frau noch dabei, damit sie mal ein paar Stunden ihre Ruhe hatte. Vorsichtig probierte Herr Olaf, mit Herrn Demski zu reden.

»Aber im Fernseher sind doch keine Leute. Das sind doch nur elektronische Projektionen.«

»Jaja«, antwortete Herr Demski ungeduldig. »Das ist im Prinzip ja richtig. Aber wenn Sie mir nicht glauben, zeige ich es Ihnen auch gern.«

Er schraubte die Rückwand vom Fernseher ab, etwas, das ein richtiger Fernsehreparateur nach Meinung von Herrn Olaf schon viel früher gemacht hätte. Herr Demski entfernte zwei große gelötete Platinen mit einigem Geschick, wie Herr Olaf zugeben musste. Dann bog Herr Demski noch ein paar Drähte zur Seite, setzte eine Art Fernrohr auf die Bildröhre und flüsterte Herrn Olaf zu: »Hier, sehen Sie selbst!«

Dieser Tag war für Herrn Olaf an Überraschungen und ungewöhnlichen Wendungen nicht gerade arm gewesen, aber was er durch das Gerät von Herrn Demski erblickte, schlug dem Fass den Boden aus. In seiner Bildröhre tummelten sich Dutzende kleiner Menschen! Merkwürdig angezogene Frauen und Männer liefen dort ziellos umher und schauten sich suchend um. Herr Olaf konnte es nicht fassen.

»Was ist das?«, fragte er Herrn Demski.

Der alte Mann zuckte die Schultern: »Ihr Fernseher ist verstopft, wie ich es gesagt habe.«

»Aber wie kann das sein? Im Fernseher gibt es doch nicht wirklich kleine Leute. Das weiß doch heute jedes Kind!«

»Ja früher, da dachte man das«, sagte Herr Demski. »Und im Prinzip ist das auch zutreffend. Wer fernsieht, sieht elektronische Projektionen. Aber damit diese Projektionen richtig aus der Röhre hinauskommen, müssen sie vom Zuschauer angenommen werden, wie sich jetzt herausgestellt hat. Sie müssen aus der Röhre heraus und einen Platz in den Gedanken der Zuschauer einnehmen, und wenn er noch so klein ist. Dann wird aus der elektronischen Projektion eine reale Erinnerung, die Übertragung ist vollendet. Aber wenn die Projektion nicht aufgenommen wird, dann bleibt sie in der Röhre, die nach und nach verstopft.«

Herr Olaf wusste nicht, ob er träumte oder

wachte. Er schaute noch einmal in die Röhre und dann Herrn Demski an.

»Aber warum habe ich noch nie von so etwas gehört?«

»Das ist ganz einfach«, sagte Herr Demski. »Früher gab es solche Verstopfungen nicht. Da aß man noch schnell pünktlich Abendbrot, putzte sich beizeiten die Zähne, setzte sich rechtzeitig in Positur vor dem Fernseher zurecht und schaute dann zielgerichtet seine Fernsehsendung. Die Projektionen wurden geradezu aus dem Fernseher gesaugt. Bestimmt haben Sie schon mal etwas von dem Vakuum in den alten Fernsehröhren gehört?«

Herr Olaf nickte eifrig.

»Sehen Sie, das kam von den alten Fernsehgewohnheiten. Aber heute«, fuhr Herr Demski fort, »läuft der Fernseher von früh bis spät. Mal guckt einer hin, mal nicht, dann gibt es ein paar Chips, dann geht man aufs Klo, dann kommt Werbung, man schaltet zur nächsten Sendung, bei der man bis zur nächsten Werbung bleibt, der Mordfall ist noch nicht gelöst, unsere Helden haben sich noch nicht geküsst, da macht man plötzlich mitten in der Sendung aus und geht ins Bett. Da ist es klar, dass die Röhre irgendwann verstopft.«

Herr Olaf nickte sehr nachdenklich. »Das heißt, in meiner Fernsehröhre sind jetzt Kirk Douglas und Gene Hackmann?«, fragte er den Mechaniker.

»Wahrscheinlich nicht, so wie Sie die Namen aussprechen«, sagte Herr Demski. »In Ihrer Röhre sind die Leute, deren Namen Sie nicht wissen, deren Worte Ihnen egal waren, die Sie nur erblickt, nicht aber gesehen haben.«

»Aha«, sagte Herr Olaf, weil er nichts verstand.

»Meistens sind das irgendwelche brüllenden Richter, rhythmische Sportgymnasten, übergewichtige Scheidungsopfer oder kameraversessene Teenager, die nicht tanzen können, aus irgendeiner Casting-show«, erklärte Herr Demski. »Ohnehin sind es natürlich keine echten Personen, nur deren Projektionen aus den unvollendeten Übertragungen, die sich im Lauf der Zeit angesammelt haben und nun zu kleinen Leuten geworden sind.«

»Ach so«, sagte Herr Olaf. Er begann zu verstehen. »Und was kann ich machen, damit mein Fernseher wieder funktioniert?«

»Es gibt zwei Möglichkeiten. Entweder Sie kaufen sich einen neuen Fernseher oder Sie machen es auf die harte Art.«

»Was ist die harte Art?«, wollte Herr Olaf wissen. »Das möchte ich Ihnen lieber gar nicht erst sagen. Meine Kunden machen keine guten Erfahrungen damit.«

»Ich möchte es aber unbedingt wissen.«

»Na gut«, seufzte Herr Demski. »Die harte Art geht so: Wir schauen zusammen in Ihre Röhre, sehen nach, wer sich da alles so aufhält, und dann gucken Sie sich diese Leute zielgerichtet aus Ihrer Röhre heraus.«

»Das klingt doch aber einfacher«, wunderte sich Herr Olaf.

»Nach meiner Erfahrung ist es das nicht«, warnte ihn der Mechaniker. »Ich empfehle Ihnen einen neuen Fernseher.«

»So schwer kann es doch nicht sein«, sagte Herr Olaf. »Ein bisschen fernsehen und dann funktioniert er wieder. Einfacher geht es doch nicht.«

»Bitte, Sie sind der Kunde«, sagte Herr Demski. Er nahm sich einen Zettel und einen Stift, blickte durch sein Rohr und begann eine Liste anzufertigen, die länger und länger wurde. Herr Demski schrieb und schrieb und schrieb.

»So bitte«, sagte er, als er endlich fertig geworden war und den Fernseher wieder zusammengeschraubt hatte. »Das ist die Liste der Sendungen, die Sie gucken müssen, damit Ihr Fernseher wieder geht. Besorgen sie sich einfach eine Fernsehzeitschrift und fangen Sie an. Sie dürfen in der Zeit aber nichts anderes gucken, weil sonst die Röhre sofort wieder verstopfen könnte«, schärfte ihm Herr Demski ein. »Und wenn Werbung kommt, schauen Sie genau zu und kaufen möglichst das Produkt. Sonst funktioniert es nicht.« Er schrieb Herrn Olaf noch eine Rechnung, die nicht sehr hoch war. Dann nahm er wieder seinen Koffer und ging nach Hause. Herr Olaf schaute ihm noch aus dem Fenster hinterher, wie er in der Dunkelheit verschwand.

Am nächsten Morgen kaufte sich Herr Olaf eine Fernsehzeitschrift, nahm die Liste von Herrn Demski und suchte sich die erste Sendung, die er sehen musste.

Der Besitzer eines homosexuellen Schäferhundes wollte das Tier töten lassen, weil er Schwule hasste. Die Psychologin einer Frau hatte Analverkehr mit deren Ehemann und suchte nun selbst Hilfe. Mit Hilfe eines Gentestes wollte eine Frau feststellen lassen, welcher von fünf Männern ihr Zungenpiercing infiziert hatte. Herr Olaf schaute sich die Sendung mit Hingabe an. Er versuchte, sich in die Probleme hineinzuversetzen und mit den Menschen mitzufühlen. In der Werbepause machte er sich eine Liste von den Dingen, die er nachher einkaufen musste.

Eine Woche später rief Herr Olaf bei Herrn Demski an.

»Hier spricht Olaf, Ahornweg 17. Wissen Sie noch, wer ich bin?«

»Ich erinnere mich«, sagte der Alte. »Wie geht es Ihrem Fernseher?«

»Ich halte es nicht mehr aus!«, schrie Herr Olaf fast in den Hörer. »Ich habe es versucht. Gott weiß, dass ich alles versucht habe. Aber ich halte es nicht mehr aus.«

»Was ist passiert?«, fragte Herr Demski.

»Was passiert ist?«, keuchte Herr Olaf. »Pascal hat das Casting nicht geschafft, weil er beim Dance-Act versagt hat, Jeanine hat eine neue Single auf dem Markt, hat aber beim Modeln für den neuen *Playdude* sehr viel Spaß gehabt, sodass sie jetzt eine Karriere als Schauspielerin in Betracht zieht, der Hansi hat mit den Almdudlern eine neue Blasmusik eingespielt und der Generalsekretär will drastische Schritte zur Festigung der moralischen Lage der Bevölkerung einleiten. Ich habe zwei Lebensversicherungen, drei Zeitungsabonnements, zwei verschiedene Kapseln gegen Prostatahypertrophie und eine gegen Beckenbodenschwäche. Ich kann nicht mehr!«

»Ich habe Ihnen gleich empfohlen, sich einen neuen Fernseher zu kaufen«, gab Herr Demski zu bedenken.

»Sie haben ja so Recht gehabt«, weinte Herr Olaf. »Ich hätte diesen Irrsinn nie versuchen dürfen. Aber um Himmels Willen, wie bekomme ich diese nutzlosen Leute wieder aus mir heraus?«

»Ganz ruhig. Haben Sie die Liste noch?«

»Ja natürlich.«

»Dann machen Sie jetzt genau das Umgekehrte. Schalten Sie die Sendungen ein, aber schauen Sie gar nicht hin. Sie können auch eine Zeitschaltuhr einfach den Fernseher automatisch ein- und ausschalten lassen, während Sie spazieren gehen. Das ist sogar das Sicherste. Sie werden sehen, wie es Ihnen nach und nach wieder besser geht.«

»Danke, das werde ich sofort probieren«, sagte Herr Olaf.

»Und wenn Sie sich einen neuen Fernseher kaufen, dann nehmen Sie bloß keinen Flachbildschirm«, empfahl Herr Demski. »Da ist so wenig Platz, die verstopfen in Nullkommanichts.«

»Ich weiß nicht einmal, ob ich überhaupt noch einen Fernseher haben will«, sagte Herr Olaf.

»Das ist natürlich noch besser.«

Herr Olaf tat, was ihm der alte Mann geraten hatte. Der Fernseher lief Tag und Nacht, ohne dass Herr Olaf auch nur hinsah. Er las ein Buch, nähte Knöpfe an oder probierte neue Rezepte für Kuchenteig. Bevor er ins Bett ging, kreuzte er auf seiner Liste ab, welche Sendungen er wieder abgeschafft hatte. Und tatsächlich, es ging ihm jeden Tag besser. Er erinnerte sich kaum noch, warum er sich so über diese blödsinnigen Leute im Fernsehen aufgeregt hatte. Als er bei der letzten Sendung, die noch ausstand, gerade den Kragen von seinem Lieblingshemd fertig gebügelt hatte, ging auf einmal wieder die Röhre mit genau dem sirrenden Geräusch aus, das Herr Olaf schon kannte. Die Stille, diese paradiesische Stille, war einfach unbeschreiblich schön! Glücklich und zufrieden öffnete er eine Flasche Rotwein. Zur Feier des Tages wollte er Herrn Demski anrufen, um sich bei ihm zu bedanken. Doch als er seine Nummer gewählt hatte, hörte er nur: »Kein Anschluss unter dieser Nummer.«

Herr Olaf kontrollierte die Nummer noch zweimal, er schaute sicherheitshalber sogar auf dem alten Zettel aus seinem Briefkasten nach, doch es blieb dabei. Er konnte Herrn Demski nicht mehr erreichen.

Herr Boeck

BOECK MIT OE, NICHT MIT Ö, steht an seiner Wohnungstür, Arndtstraße, Kreuzberg. Hier wohnt er schon sehr lange. Als er mit seiner Frau eingezogen ist, war das hier noch eine ganz normale Gegend. Die Wohnung war mit Zentralheizung, Küche und Innenklo, das hatte nicht jeder. Auf der Wohnungsverwaltung hatten sie ihm erzählt, dass die Häuser mit Außenklo ohne Heizung nicht mehr vermietet werden. Die wollten sie abreißen und neu bauen.

Als diese Häuser fast alle leer waren, waren die Türken gekommen und in die leeren Häuser gezogen. Im Betrieb bekamen sie auch ein paar Türken, Herr Boeck wurde Vorarbeiter. Die Türken machten Geschäfte und Gaststätten auf, in die er und seine Freunde nicht gingen. Sie trafen sich wie immer im »Quelleck«. Bier und Schnaps. Nur in den neuen Imbiss gingen sie mal rein, um abends für zu Hause Bier zu kaufen oder eine Bulette.

Als klar wurde, dass die alten Häuser nicht abgerissen werden, kamen immer mehr Studenten. Einige Häuser wurden besetzt von Leuten, die kreuz und quer miteinander herumbumsten und Drogen nahmen, stand in der Zeitung. Herr

Boeck wurde in der Frühstückspause manchmal angesprochen: »Ich habe gehört, bei dir in Kreuzberg war gestern Nacht wieder mächtig was los. Warst wohl auch mit dabei? Höhö.«

Bei ihm in der Gegend war nie etwas los, außer dass manchmal vielleicht mehr Polizeiwagen mit Sirene durchfuhren. Im »Quelleck« unterhielten sie sich darüber, dass in der Markthalle auch immer mehr Türken waren.

Eines Tages lag seine Frau in der Wohnstube und war tot. Der Arzt hat ihm zu erklären versucht woran. Er hatte sie meistens »Alte« genannt. Sie hatte immer die Wohnung gemacht und eingekauft. Wenn er pünktlich nach Hause gekommen war, hatte es Abendbrot gegeben, war er zu spät gekommen, hatte es Ärger gegeben. Das war jetzt egal. Er blieb länger im »Quelleck« und aß meistens im Imbiss. Wohnung und Wäsche zu machen, hatte er nie gelernt.

Es war Sonnabend und verdammt heiß. Herr Boeck wollte noch mal losgehen, was einkaufen. Meistens Eintopf, geschnittenes Brot, Bier und Schnaps. Innen an seiner Wohnungtür waren drei Nägel schräg nach unten eingeschlagen. Vorn hing sein Schlüssel, in der Mitte noch der von seiner Frau und hinten der Ersatzschlüssel. Den hatte er damals gleich mitmachen lassen, als ein neues Schloss eingebaut wurde.

»Ich kann den Ersatzschlüssel ja mal ausprobieren, wenn mal was mit meinem Schlüssel ist«, dachte er jetzt.

Herr Boeck fummelte den Wohnungsschlüssel vom Schlüsselring ab, der mit einer Kette an der zweiten Gürtelschlaufe seiner Hose befestigt war, und brachte stattdessen den Ersatzschlüssel an.

Er nahm den Einkaufsbeutel und das Geld, zog sich die Schuhe an und ging los. Im Treppenhaus schleppten junge Leute Möbel nach unten und vor der Tür stand ein kleiner Laster. Wahrscheinlich Studenten. Im Supermarkt kaufte er Kartoffeleintopf mit Kasslerstücken, Berliner Krustenbrot, Hansapils, Korn und einmal Senf.

Als Herr Boeck wieder nach Hause kam, war der Laster noch voller geworden und die jungen Leute sahen furchtbar verschwitzt aus. Er ging zu seiner Wohnung, griff an die zweite Gürtelschlaufe und fuhr mit der Hand an der Kette entlang, bis er den Schlüssel in der Hand hatte. Der Ersatzschlüssel ging nicht. Herr Boeck versuchte, noch stärker zu drehen. Dann zog er den Schlüssel aus dem Schloss und untersuchte, ob er vielleicht aus Versehen den Kellerschlüssel genommen hatte. Nein, das war der Ersatzschlüssel, den er heute ausprobieren wollte. Herr Boeck schwitzte nun auch. Er stellte den Einkaufsbeutel auf die Fußmatte und versuchte es noch einmal. »Scheiße«, fluchte er.

»Kann ich Ihnen irgendwie helfen?«, fragte einer der Möbelträger. Sehr kräftig sah er nicht aus, waren wahrscheinlich alles Freunde.

»Ist hier der Ersatzschlüssel, geht aber nicht«, sagte Herr Boeck.

»Ich kann ja mal probieren«, sagte der junge Mann. Er steckte den Schlüssel ins Schloss und versuchte, ihn zu drehen. Dann zog er den Schlüssel leicht heraus, drehte wieder, steckte ihn mit Schwung hinein, aber es ging nicht.

»Passen tut er ja, aber man kann nicht schließen«, sagte der junge Mann. »Haben Sie den Schlüssel schon mal ausprobiert?«

»Das ist der Ersatzschlüssel, den habe ich damals gleich mitmachen lassen, als wir das neue Schloss bekommen haben«, sagte Herr Boeck.

»Ja, aber haben Sie den schon einmal ausprobiert?«

»Der ist hier zu dem Schloss«, versicherte Herr Boeck noch einmal.

»Ich würde Ihnen raten, zur Markthalle zu gehen, dort ist bestimmt ein Schlosser. Fragen Sie den, ob der mitkommt, sonst müssen Sie den Schlüsseldienst rufen und das kann sehr teuer werden.«

Herr Boeck nahm seine schwere Einkaufstasche, denn er traute niemandem hier im Haus und ging zur Markthalle. Obwohl es so heiß war und er sehr schwitzte, musste er sich beeilen, denn die Markthalle machte bald zu. Der Schlosser in der Markthalle war ein Türke. Er schwitzte auch sehr und wollte Herrn Boeck nicht mehr helfen.

»Ich mache bald zu«, sagte er.

»Aber ich komme nicht in die Wohnung. Der Ersatzschlüssel geht nicht«, sagte Herr Boeck.

»Dann rufen Sie einen Schlüsseldienst.«

Herr Boeck ging zurück zu seiner Wohnung. Der kleine Laster war fast voll und die jungen Leute waren damit beschäftigt, ein Bettgestell auf die Ladung oben drauf zu wuchten. Herr Boeck ging noch einmal nach oben und versuchte seinen Ersatzschlüssel, es ging aber nicht.

Ein anderer junger Mann kam vorbei: »Und haben Sie Glück gehabt?«

»Würde ich dann noch hier stehen?«

Herr Boeck hatte keine gute Laune. Nachdem er eine Weile gestanden war, fiel ihm ein, ins

»Quelleck« zu gehen. Dort könnte er vielleicht das Telefon benutzen und den Schlüsseldienst rufen. Wenn da jetzt schon auf war, ansonsten würde er einfach davor warten. Als er aus dem Haus kam, fuhr der kleine Laster gerade weg.

Nach einer wahren Geschichte

ES WAR DER 23. DEZEMBER und ich auf der Suche nach einem gottverdammten Weihnachtsbaum. Ich gebrauche sonst keine Flüche, aber die heidnische Tanne, an die einst der neue Judenkönig genagelt wurde, was hat der mit einer einzigen Bibel zu tun? Er ist ein Symbol für Gotteslästerung und damit gottverdammt.

Einen Weihnachtsbaum kaufen. Und es gibt keine mehr. Es ist erst der 23. Dezember und die kleinen Weihnachtsbaumstände bei uns in der Gegend sind ausverkauft. Als ich nachfrage, ob denn die Tage noch mal Lieferung reinkommt, lachen mich die Verkäufer aus. Widerliche, lose Gesellen, die nur zwei Monate im Jahr arbeiten, einen Monat in Berlin oder sonst irgendwo auf der Nordhalbkugel und einen Monat in Sydney oder sonst irgendwo auf der verdammten Südhalbkugel, wo natürlich ein halbes Jahr später Weihnachten ist. Die Bäume kommen, sagen wir aus Vietnam. Ja, so ist sie die Globalisierung, nicht schön, aber billig und viel Kohle für Weihnachtsbaumverkäufer, die prospektive Kunden auf der Straße einfach so auslachen, wenn sie eine völlig legitime Frage stellen.

Ich habe jetzt keine Zeit für Selbstjustiz, ich muss einen Baum besorgen und springe deshalb in mein Auto und fahre verzweifelt durch eine Großstadt voller ausverkaufter Weihnachtsbaumbuden. Das hätte sicher keiner gedacht. Ich dachte dieses Jahr, da müssen alle den Gürtel enger schnallen, trotzdem scheint Deutschland Geld für die Nordmann-Tanne zu haben. Während der ganzen Zeit fahre ich durch die Stadt und halte die Augen offen, nach Weihnachtsbaumständen am Straßenrand. Langsam fahre ich, hinter mir hupen Dutzende hektischer Weihnachtsendkäufer, die noch schnell eine flotte Müllkorbfüllung in Geschenkpapier für mehr oder weniger gute Freunde kaufen wollen. Die Nutten winken mir freundlich zu, ich fahre an den meisten von ihnen schon zum dritten Mal heute Abend vorbei, wir sind jetzt alte Bekannte.

»Was willst du Süßer?«, fragt mich die Barbie in der Puscheljacke, den Pantalons und den Stiefeln.

»Ich hätte gern einen Weihnachtsbaum.« Haha, habe ich natürlich nicht gesagt. Nachher gibt es eine Stellung, die heißt Weihnachtsbaum und ist so eine Art Prostituiertenpyramide für ein Heidengeld. Wow, mein Gehirn läuft echt auf Hochtouren, es ist schon ein Wunder, was vier Tassen Kaffee, eine Rostbratwurst und waschechte Jahresendpanik bewirken können.

Der Wagen rutscht mit den Hinterreifen genau die Parkausfahrt hoch und kommt nach zwei Umdrehungen zum Stehen. Ich wäre vor lauter Nachdenken über die Weihnachtsbaumstellung beinahe an dem Weihnachtsbaumstand vorbeigefahren. Es gibt noch einen. Sie haben zwei Bäume. Der eine ist vollkommen kaputt und teuer.

Der andere ist ganz und ganz teuer. Jetzt ist es auch schon egal, schließlich habe ich soeben viel Geld für käufliche Liebe gespart. Der Verkäufer nimmt mein Geld und schiebt meinen Baum in ein Rohr. Ah, denke ich, da werden den Bäumen diese lustigen Netze drübergezogen. Doch ich sehe sein hämisches Grinsen und im letzten Moment werde ich misstrauisch. Moment, denke ich, das ist doch in Wirklichkeit eine gigantische Weihnachtsbaumkanone. »Er hat eine Kanone!«, rufe ich und werfe mich an meinen Baum heran. So schnell lasse ich den nicht mehr los. Doch er hat schon den Abschussknopf gedrückt und schießt uns nach oben. So macht er es also, die Bäume nach oben schießen, zum Kunden sagen: »Tja, der ist weg«, 20% vom Kaufpreis rückerstatten und warten, bis der Baum wieder landet. Nach fünfzehn Malen sieht er dann genauso kaputt aus wie der andere, den er mir gezeigt hat.

Doch nicht mit mir, jetzt fliege ich mit ballistischer Kraft nach oben. Als die Luft zu dünn wird, gibt mein Hautwiderstand nach, es handelt sich um das Ellinghaus-Phänomen, ein Phänomen, das jeder Pilot kennt. Ich verschwinde in dem Weihnachtsbaum, ich bin der Baum. Lustig kratze ich mit meinen Nadeln meine vielen kleinen Äste. Das Leben ist schön, hier oben in der Stratosphäre, Luft zum Atmen brauche ich nicht mehr, schließlich mache ich mir Energie aus Sonnenlicht und bin immer grün, nicht so wie die beschissenen Laubbäume. »Wir freuen uns wieder darauf, im November wollen wir alle Blätter los sein. Das fühlt sich so herrlich leicht an.« Kein Wort ist diesen bescheuerten Laubis zu glauben. Nackt sehen sie aus, da sind wir uns in der Schonung einig. Aber immer noch besser als die Lärchen. Die sind wirklich das letzte Opportunistenpack. Im Sommer mit uns abhängen, weil wir nicht von jedem Hund angepisst werden, aber im Winter, wenn die Männer mit den Weihnachtsbaumsägen kommen, huch, schmeißen sie ihre Nadeln ab. Zum Kotzen.

Wer ist denn da? Wer klopft da an meine Borke? Aha, die Schwerkraft. Na, junge Frau, was wollen wir denn? Wirken. Na, denn machen sie mal schön. Scheiße, es geht nach unten, die Spitze senkt sich ab und ich begebe mich in den freien Fall. Was daran frei ist, wird mir nicht klar. Aber wahrscheinlich ist das die Freiheit, die immer alle meinen.

Schöne Scheiße, ich werde schneller, mit 9,8 Metern pro Quadratsekunde werde ich schneller. Ich kann es auf meiner Uhr sehen, einer teuren dreidimensionalen Uhr, die auch die Quadratsekunden anzeigt. Habe ich im vorigen Jahr von meiner Frau zu Weihnachten bekommen. Offensichtlich bin ich jetzt wieder aus meinem Weihnachtbaum herausgewachsen und wir beiden befinden uns auf dem Anflug nach Berlin. Mir wird Angst und Bange, das ist klar, denn ich habe ja noch nicht einmal einen Weihnachtsbaumständer. Ich lenke meine Flugtanne zum Baumarkt, fliege in die Gartenabteilung und sage das, was eigentlich alle Männer im Baumarkt mehr oder weniger sagen, denn wer will schon wirklich Kabelschellen oder Siebzehnerflansche. »Ich hätte gern einen Ständer«, sage ich im Vorbeiflug zu dem jungen Mann in der albernen orangenen Weste und mache dabei eine knappe Kopfbewegung zu meiner Tanne, damit hier keine Missverständnisse aufkommen. »Es gibt nur noch einen, da hinten links«, ruft er mir zu, und da fliege ich auch hin. »Da hinten links« steht ein Monstrum ungeahnter Dimensionen. Alles aus Gusseisen, die Grundfläche größer als das Zimmer, in dem der Baum aufgestellt werden soll. Kostenpunkt 187 €. Na bitte, da ist er doch endlich, der lang ersehnte Teuro. Im Vorbeifliegen greife ich mir den Apparat und wir fliegen nach Hause. In unser neues Zuhause, denn ich habe meine Frau auf dem Flug angerufen und sie ist wegen dem Weihnachtsbaumständer umgezogen, und zwar in den ehemaligen Palast der Republik. Der stand lang genug leer, der ist jetzt besetzt.

Ist ein wunderschönes Fest geworden. Danke der Nachfrage.

Herrn Johannsons Auftrag

EINES TAGES BEKAM HERR Johannson von der schwedischen Regierung den Auftrag, einen Reiseführer über die Stadt Teterow zu schreiben. Die schwedische Regierung hatte sich überlegt, dass es am besten wäre, alles über alle Orte der Welt zu wissen. Wenn später einmal ein Schwede irgendwohin fahren würde, könnte er sich schon zu Hause gründlich über sein Reiseziel informieren. Dann wüsste er, ob er Sonnencreme oder einen Regenschirm, Wollsocken oder eine Badehose einpacken müsste. Er würde nachlesen, wo man in der fremden Stadt schlafen und womit man den Leuten dort eine Freude machen könnte. Bei manchen Orten würde er sich vielleicht auch überlegen können, nicht dorthin, sondern lieber anderswohin zu fahren oder notfalls zu Hause zu bleiben. Und wenn ein Schwede mal Besuch aus dem Ausland bekam, dann müsste er auch nur nachlesen und wüsste gleich, ob die Besucher lieber Kaffee oder Tee zum Frühstück trinken wollten und in welcher Sprache man sich am besten mit ihnen unterhalten konnte. Das alles hatte sich die schwedische Regierung überlegt. Und so kam es, dass Herr Johannson den Auftrag bekam, einen Reiseführer über die Stadt Teterow zu verfassen.

Herr Johannson war ein älterer Herr, nicht besonders groß, aber mit seinem Hut und den schwarzen Straßenschuhen auch nicht besonders klein. Er hatte ein freundliches Gesicht mit einer runden Nase in der Mitte, zwei grasgrünen Augen, einem etwas zu großen Mund und zwei Ohren, die so klein waren, dass man sie nur sehen konnte, wenn man genau hinsah. Die schwedische Regierung hatte ihn ausgesucht, weil sie Herrn Johannson für besonders gewissenhaft hielt und weil er außerdem eine besonders schöne, gut leserliche Handschrift hatte. Denn was nützte der beste Reiseführer über die Stadt Teterow, wenn ihn hinterher niemand lesen konnte?

Sicher, es gab weltgewandtere Schweden als Herrn Johannson, zum Beispiel den hoch gewachsenen Lars Stark oder die rothaarige Anna-Lisa Lund. Diese waren aber von der schwedischen Regierung in so bedeutende Orte wie Peking oder Mexiko geschickt worden. Um alles über alle Orte der Welt aufzuschreiben, hatte man schon eine ganze Menge Schweden gebraucht. Recht weit gereiste Menschen hatte man nach Paris und Warschau fahren lassen. Erfahrene Urlauber sollten über Kopenhagen oder Tallinn schreiben. Und Leute wie Herrn Johannson, der eigentlich in seinem Leben noch niemals seine Heimatstadt Uppsala verlassen hatte, für die hatte man kleine Orte wie Teterow vorgesehen, vor allem wohl, weil er noch ein bisschen Deutsch aus der Schule konnte.

Herr Johannson war natürlich sehr geehrt von seinem Auftrag, packte ohne Weiteres seine Koffer und fuhr nach Teterow ab. Eine Familie, von der er sich verabschieden musste, hatte er zu seinem eigenen Bedauern leider nicht. Auf dem Weg zum Bahnhof gab er bei seiner Arbeitsstelle noch stolz seinen offiziellen Auftrag der schwedischen Regierung ab, um zu erklären, warum er in den nächsten Wochen nicht zur Arbeit kommen konnte. Sein Chef zeigte sich sehr beeindruckt von dem schönen Blatt Papier mit den großen Stempeln und wünschte ihm viel Glück bei seiner Arbeit in Teterow.

Die Zugfahrt verlief angenehm und Herr Johannson traf noch am Abend desselben Tages in Teterow ein. Er mietete sich ein Zimmer im einzigen Hotel der Stadt, packte seinen Koffer in den kleinen Schrank und schaute den Rest des Abends Fernsehen. Da er hier war, um alles über Teterow herauszufinden, musste er auch das tun, was wahrscheinlich die meisten Teterower abends taten, dachte Herr Johannson, während er zufrieden fernsah.

Am nächsten Morgen machte er sich nach dem Frühstück mit einem großen Notizheft und zwei frisch angespitzten Bleistiften auf den Weg. Herr Johannson hatte beschlossen, systematisch vorzugehen. Er nahm sich vor, links anzufangen und im Lauf der Zeit immer eine Haustür weiter links zu klingeln, bis er zum Schluss wieder beim Hotel angekommen und sein Auftrag erfüllt war. Daher ging er vor seinem Hotel nach links und klingelte am untersten Klingelknopf der ersten Haustür. Kurz danach summte es an der Haustür. Herr Johannson, der etwas überrascht war, weil er erwartet hatte, dass ihn der Lautsprecher über den Klingelknöpfen zuerst nach seinem Namen fragen würde, öffnete hastig die Haustür und ging die Treppen hoch.

Im ersten Stock war eine Wohnungstür einen Spalt breit geöffnet und unter der Vorhängekette schaute ein kleiner Junge neugierig auf Herrn Johannson. Der atmete kurz durch und sagte seinen Satz, den er sich sorgfältig zurechtgelegt hatte: »Guten Tag, ich heiße Mats Johannson und möchte für die schwedische Regierung etwas über Teterow wissen.«

Der kleine Junge, der übrigens blond war und, wie Herr Johannson verwundert bemerkte, einen dunkelblauen Schlafanzug anhatte, machte nichts und schaute Herrn Johannson weiter neugierig an.

»Vielleicht hat er mich nicht gut gehört?«, fragte sich Herr Johannson. »Ich muss wohl lauter sprechen.« Also holte er Luft und sagte noch einmal, aber viel lauter: »Guten Tag, ich heiße Mats Johannson und möchte für die schwedische Regierung etwas über Teterow wissen.«

»Ich habe Sie schon beim ersten Mal verstanden, ich bin ja nicht blöd«, sagte nun der kleine Junge. »Ich heiße übrigens Artur«, fügte er hinzu.

»Johannson«, sagte Herr Johannson. »Ich weiß«, sagte Artur.

Dann schauten sie einander eine kleine Weile ohne etwas zu sagen an. »Warum bist du nicht in der Schule?«, fragte schließlich Herr Johannson. »Gehen die Kinder in Teterow nicht zur Schule?« Das wäre interessant gewesen und hätte als wichtige Information unbedingt in seinen Reiseführer gehört.

»Aber natürlich gehen die Kinder in Teterow zur Schule«, lachte Artur. »Ich gehe sogar schon in die dritte Klasse. Aber heute bin ich krank und da muss ich zu Hause bleiben.«

»Ach ja«, sagte Herr Johannson etwas enttäuscht. »Das ist in Schweden nicht anders.«

»Was wollen Sie denn nun noch?«, fragte Artur.

»Ich möchte gern alles über Teterow wissen«, sagte Herr Johannson.

»Ich weiß nicht alles über Teterow«, antwortete Artur.

»Ich weiß, ich weiß. Das muss gar nicht sein«, sagte Herr Johannson. »Wenn du mir alles erzählst, was du weißt, dann ist das schon einmal ein sehr guter Anfang.«

»Was soll ich Ihnen denn erzählen, was ich weiß?«, fragte Artur verwundert.

»Einfach alles«, sagte Herr Johannson. »Fang einfach damit an, wie du heißt, wie deine Eltern heißen, ob du Geschwister hast und so weiter.«

Artur überlegte kurz, weil ihm die ganze Sache doch ziemlich komisch vorkam. Aber seine Eltern waren auf der Arbeit, die Kette war fest in der Tür und er selbst war schön warm angezogen in dem blauen Pyjama und seinen kuscheligen Pantoffeln. Im Bett zu liegen war ihm sowieso schon sehr langweilig vorgekommen und eigentlich war er heute nur noch ein bisschen krank. Gestern war er richtiger krank gewesen. Da konnte er genauso gut diesem komischen Mann ein bisschen etwas erzählen. »Ich heiße Artur«, sagte Artur also. »Meine Mutter heißt mit Vornamen Eva, mein Vater heißt Sven und meine Schwester heißt Josefine.«

»Wie sagst du zu Mutter und Vater?«, wollte Herr Johannson wissen.

»Mutti und Vati«, antwortete Artur.

»Aha, sehr interessant«, sagte Herr Johannson und schrieb alles auf. »Sagen alle Kinder Mutti und Vati?«

»Nein«, überlegte Artur. »Manche sagen auch Mama und Papa.«

»Sagen die meisten Mutti und Vati oder Mama und Papa?«, fragte Herr Johannson.

»Ich weiß es nicht«, antwortete Artur. »Keine Ahnung.«

»Gut«, sagte Herr Johannson. »Sind das alle, die hier wohnen?«

»Natürlich nicht«, erklärte ihm Artur. »Außer uns wohnen hier noch Frau Müller und Amelie.«

»Sind das eure Untermieter?«, wollte Herr Johannson wissen.

»Nein, das sind unsere Katze und mein Hamster.«

»Heißen alle Katzen in Teterow Frau Müller?«, wunderte sich Herr Johannson.

»Nein«, sagte Artur. »Und unser Hamster ist bestimmt auch der einzige, der Amelie heißt. Und ich weiß auch nicht, wie die meisten heißen«, fügte er sofort hinzu, während Herr Johannson mit seinem Bleistift alles in sein Notizheft schrieb.

»Wir wohnen in einer 4-Zimmer-Wohnung«, erklärte Artur weiter. »Meine Schwester hat das Zimmer hinten links und ich habe das Zimmer gegenüber. Eigentlich ist ihr Zimmer etwas größer als meins, aber in Wirklichkeit ist mein Zimmer doch ziemlich viel besser, weil es näher an der Küche liegt und außerdem mein Fenster größer ist. Das dürfen Sie aber Josefine auf keinen Fall sagen. Sie ist zwar drei Jahre jünger als ich, aber wenn sie losweint, dann ist es doch ganz schön laut.«

»Natürlich nicht, da kannst du ganz beruhigt sein«, sagte Herr Johannson, der eifrig alles notierte, was ihm Artur erzählte. Und weil er sich für alles zu interessieren schien, erzählte Artur weiter und weiter. Von seinem Lieblingsessen und von seiner Schulklasse, mit welchem Füller er schrieb und mit welchem Füller die meisten anderen schrieben, welche Fächer er in welchen Räumen hatte und was für Zensuren er wohl am Ende des Schuljahres bekommen würde. Welche Spiele er am liebsten spielte und wie viel Taschengeld er in der Woche bekam, montags von seinem Vater, wenn er das Bad ordentlich sauber gemacht hatte. Artur stand in der Tür und erzählte und erzählte, während Herr Johannson schrieb und schrieb und es immer später wurde.

Auf einmal war es Nachmittag und die beiden hörten unten die Haustür aufgehen. Eine Frau mit langen braunen Haaren kam mit zwei Einkaufstaschen die Treppe hoch.

»Mutti!«, rief Artur erfreut, zog sofort die Kette zurück und öffnete die Wohnungstür. »Das ist Herr Johannson«, stellte Artur Herrn Johannson seiner Mutter vor. »Er soll einen Reiseführer über Teterow schreiben.«

»Im Auftrag der schwedischen Regierung«, ergänzte Herr Johannson und reichte Arturs Mutter die Hand.

»Und da kommen Sie ausgerechnet zu uns?«, fragte Arturs Mutter, während sie Herrn Johannson einen Einkaufsbeutel in seine ausgestreckte Hand gab.

»Ich komme zu jedem«, sagte Herr Johannson. »Es soll ein sehr gründlicher Reiseführer werden.« Arturs Mutter schaute ihn misstrauisch an.

Herr Johannson stellte die Einkaufstasche ab und zeigte ihr seinen offiziellen Ausweis der schwedischen Regierung. »Na gut, dann kommen Sie vielleicht hinein, wenn Sie möchten«, sagte Arturs Mutter. »Sie können mir ja mit den Taschen helfen.«

»Sehr gern«, sagte Herr Johannson. »Artur hat mir ja schon viel erzählt, aber es wäre für mich natürlich sehr gut, wenn ich mir selbst ein Bild von den ganzen Dingen machen könnte.«

Also ging Herr Johannson zusammen mit Arturs Mutter in die Wohnung hinein, vor der er jetzt schon den ganzen Tag gestanden hatte. »Kommen Sie mit«, sagte Artur zu Herrn Johannson. Dann zeigte er ihm sein Zimmer, das Zimmer seiner Schwester und auch Frau Müller und Amelie. Eine Zeit später kamen auch Arturs Vater und seine Schwester Josefine nach Hause. Artur zeigte ihnen gleich Herrn Johannson. »Das ist Herr Johannson. Er schreibt im Auftrag der schwedischen Regierung über Teterow.«

»Guten Tag«, sagte Herr Johannson und gab erst Arturs Vater und dann Josefine die Hand. »Ich habe bei Ihnen angefangen, weil Sie die erste Wohnung gleich links waren.«

Arturs Vater sah nicht so aus, als ob er irgendetwas verstanden hatte und sah fragend seine Frau an. Die lachte und sagte: »Ich habe gesagt, er kann kurz hereinkommen, weil er den ganzen Tag vor der Tür gestanden und mit Artur geredet hat.«

Arturs Vater zuckte mit den Schultern und sagte: »Ich koche jetzt das Abendessen. Es gibt Spinat mit Ei und Kartoffeln.«

»Juhu!«, jubelte Artur, als er das hörte. »Das ist

eins von meinen Lieblingsessen, von denen ich Ihnen vorhin erzählt habe«, erklärte er Herrn Johannson.

»Kann ich mir dieses Spinat mit Ei dann bitte ansehen?«, fragte Herr Johannson. »Das ist sicher von großer Wichtigkeit für die schwedische Regierung.«

»Aber bitte, gern«, sagte Arturs Vater, der angesichts der Wichtigkeit seines Abendessens ein bisschen geschmeichelt war. »Sie können gern auch eine eigene Portion bekommen.«

»Das wäre ganz wunderbar!«, rief Herr Johannson, dem plötzlich deutlich auffiel, dass er seit dem Frühstück nichts mehr gegessen hatte. Und so aß Arturs Familie gemeinsam mit Herrn Johannson zu Abend, dem es besonders gut schmeckte und der nicht nur eine eigene Portion, sondern eher anderthalb Portionen Spinat mit Ei aufaß. Nach dem Abendessen verabschiedete sich Herr Johannson wieder in sein Hotel. »Aber sie müssen morgen unbedingt wiederkommen!«, sagte Artur. »Morgen früh gehe ich nämlich wieder zur Schule, die kann ich Ihnen dann zeigen.«

»Gern«, sagte Herr Johannson. »Das ist alles von großer Wichtigkeit für mich und die schwedische Regierung.«

Arturs Mutter lachte: »Sie können ihn gern morgen früh hier abholen und zur Schule bringen. Das spart mir sehr viel Zeit.«

»Gern«, sagte Herr Johannson wieder, der noch nicht so viele deutsche Wörter kannte.

»Gut, dann morgen früh um sieben«, sagte Arturs Mutter.

»Gut, bis morgen früh«, sagte Herr Johannson und ging zurück, eine Tür rechts in sein Hotel. Er war sehr zufrieden mit seinem Tag, ordnete in seinem Zimmer noch alle Notizen, war dann aber bald von seinem anstrengenden Tag müde und ging ins Bett.

Am nächsten Morgen stand Herr Johannson früh auf, ging nach unten im Hotel frühstücken, ging schnell wieder in sein Zimmer, putzte sich die Zähne, nahm Notizheft und Bleistifte und ging dann aus dem Hotel, eine Tür nach links. Dort klingelte er um sieben. »Sie sind genau pünktlich«, freute sich Arturs Mutter, die gerade noch eine Stulle und einen Apfel in Arturs Schulmappe packte.

»Ja«, sagte Herr Johannson. »Wir Schweden sind immer sehr pünktlich.«

»Das ist interessant«, sagte Arturs Mutter und dann ging Artur mit Herrn Johannson zusammen zur Schule. Er stellte ihn seiner Lehrerin vor und Herr Johannson zeigte der Lehrerin seinen offiziellen Ausweis der schwedischen Regierung. Dann durfte er die ganze Zeit hinten mit im Klassenzimmer sitzen. Nach der Schule gingen Artur und Herr Johannson wieder zu Artur nach Hause. Hier zeigte ihm Artur ein paar seiner Lieblingsspielzeuge und wie er Frau Müllers Kiste sauber machte. Und weil es am Abend Kartoffelsuppe mit Würstchen gab und Herr Johannson auch dieses Gericht genaustens untersuchen musste, aß er auch an diesem Abend zusammen mit Arturs Familie.

Nach dem Essen verabschiedete sich Herr Johannson wieder in sein Hotel.

»Aber Sie müssen morgen unbedingt wiederkommen«, sagte Artur.

»Artur«, sagte sein Vater ein bisschen streng.

»Herr Johannson hat noch mehr zu tun. Er soll einen Bericht über ganz Teterow schreiben.«

»Aber morgen haben wir doch Werken und Sport. Das hatten wir heute nicht. Und außerdem habe ich ihm noch nicht erklärt, zu welchen verschiedenen Stämmen meine ganzen Indianer gehören«, sagte Artur enttäuscht. Arturs Eltern schauten Herrn Johannson ratlos an. Herr Johannson wusste auch nicht genau, weil es ja sein erster Auftrag von der schwedischen Regierung war. »Ich glaube«, sagte er dann, »der Reiseführer soll möglichst vollständig sein. Das ist mein Auftrag. Und wenn ich meine Arbeit hier nicht genau erledige, dann wird der Reiseführer nicht sehr gut werden. Also komme ich morgen früh wieder um sieben.« Artur und seine Familie freuten sich, das zu hören.

Leider wurde Herr Johannson weder am nächsten Tag noch am übernächsten Tag mit Artur und seiner Familie fertig. Und die Arbeit schien immer mehr zu werden. Herr Johannson musste kontrollieren, wie sich das Lernen von Artur auf seine Zensur in der Mathematikarbeit auswirkte und wie die Vase im Werkunterricht aus dem Brennofen kam. Und das würde mindestens noch bis zur nächsten Woche dauern. Die Mathearbeit bekamen sie frühstens dienstags zurück und die Vase könnte vielleicht sogar bis Freitag dauern. Artur hatte Herrn Johannson noch längst nicht alle Indianerstämme erklärt und außerdem war ihnen aufgefallen, dass Artur ihm dann noch die verschiedenen Dinosaurierarten zeigen musste, mit denen sich Herr Johannson ebenfalls überhaupt nicht auskannte.

Und auch Josefine hatte sich angemeldet,

Herrn Johannson alles von sich zu erklären, wenn Artur mit ihm fertig war. Denn Josefine hatte jede Menge Puppen und echte Steine, von denen Artur nichts verstand. Außerdem ging Josefine in die erste Klasse, die mit der dritten Klasse nicht zu vergleichen war. Damit er nicht immer umsonst dort Abendbrot aß, kaufte Herr Johannson jetzt oft gemeinsam mit Artur oder seinen Eltern ein und half bei der Reinigung des Bades. Wenn er abends zurück in sein Hotel ging, nahm er oft den Müllbeutel mit nach unten. Außerdem passte er abends manchmal auf Artur und Josefine auf, wenn ihre Eltern ins Kino oder zu Freunden gingen.

Nach ein paar Wochen bekam Herr Johannson einen Anruf in seinem Hotelzimmer. »Ja, hallo Herr Johannson. Hier spricht Frau Ekström von der schwedischen Regierung. Wir wollten nur fragen, wie weit Sie mit ihrem Auftrag sind.«

Herr Johannson traute sich nicht zu sagen, dass er immer noch bei der ersten Familie an der ersten Tür links war, und sagte: »Danke, danke. Es geht voran, aber es ist noch eine Menge zu tun.«

»Das wundert uns«, sagte die Stimme am Telefon. »Lars Stark hat seinen Reiseführer aus Mexiko schon fertig geschrieben.«

»Das wundert *mich*«, sagte daraufhin Herr Johannson vollkommen verblüfft. »Ich dachte, es sollen gründliche Reiseführer werden?«

»Natürlich«, sagte Frau Ekström. »Das ist das Wichtigste.«

»Nun, ich kann Ihnen versichern, dass ich mit größter Gründlichkeit vorgehe und keinen Tag verschwende.«

»Gut, dann auf Wiederhören, Herr Johannson.«

»Auf Wiederhören, Frau Ekström.«

Nach diesem Telefonat beschloss Herr Johannson, sich eine Wohnung in Teterow zu mieten. Die Arbeit würde doch länger dauern, als er gedacht hatte und so würde er Geld sparen. Er suchte sich eine Wohnung ganz in der Nähe des Hotels, was natürlich auch in der Nähe von Arturs Wohnung war, weil er mit seinem System bei der Untersuchung von Teterow nicht durcheinander kommen wollte. Nach Arturs Familie müsste er ja schließlich die nächste Tür links untersuchen.

Herr Johannson kam nun gut voran. Er lernte von Artur, wo man im Herbst in Teterow Kastanien sammeln konnte und in welchen Wäldern der Umgegend die besten Pilze wuchsen. Dann lernte er das deutsche Adventsfest kennen. Während er mit Arturs Familie um den Adventskranz saß, erzählte er, dass es in Schweden ein ganz ähnliches Fest, die Lucianacht gäbe. »Da kommen kleine Mädchen mit Kerzen auf dem Kopf in die Häuser und bringen Kuchen mit.«

»Echte Kerzen?«, fragte Josefine ganz erstaunt.

»Ja«, sagte Herr Johannson. »Echte Kerzen.«

»Und brennen die auch?«

»Ja, natürlich brennen die«, sagte Herr Johannson. »Sonst ist es nicht richtig.«

»Und was ist mit den Haaren von den Mädchen?«, wollte Josefine nun wissen.

»Ja«, überlegte Herr Johannson. »Manchmal ist das ein Problem. Wenn das Wachs in die Haare tropft, kann es ganz schön wehtun. Ich glaube, deshalb singen die Mädchen dann auch Lieder.«

»Lieder singen wir auch!«, rief gleich Arturs Mutter ganz begeistert und beide Kinder stöhnten: »Ach Mutti!«

»Nein«, sagte Arturs Mutter energisch. »Wir singen jetzt ein paar Weihnachtslieder. Das ist mit Sicherheit auch für Herrn Johannson von Interesse.«

»Und für die schwedische Regierung«, nickte Herr Johannson. Dann sangen alle Weihnachtslieder und Herr Johannson schrieb alles auf.

Schließlich wurde Herr Johannson von Arturs Familie zu Weihnachten eingeladen. Alle waren sich einig, dass die schwedische Regierung genaustens wissen müsse, wie in Teterow Weihnachten gefeiert wurde. Herr Johannson ließ sich von Artur vorher alles ganz genau erklären und machte daher auch alles richtig. Er kam pünktlich zum Abendessen, sang zusammen mit allen Weihnachtslieder und schenkte Artur zum Schluss einen echten Lederfußball. Artur hatte ihm nämlich erklärt, dass man das in Teterow so machen würde. Auch für Herrn Johannson war ein Geschenk unter dem Weihnachtsbaum, bunt in Papier eingewickelt. Herr Johannson fand darin ein großes Notizbuch, das die Kinder außen bemalt hatten.

»Wir dachten uns, das brauchen Sie doch so viel«, sagte Arturs Mutter.

»Vielen Dank«, sagte Herr Johannson gerührt. »Mein jetziges ist schon fast voll, obwohl es das größte Notizbuch war, das ich in Schweden finden konnte.«

Ein paar Tage später feierte Herr Johannson auch noch Silvester mit Arturs Familie. Als er von der Feier nach Hause kam, dachte er an das vergangene Jahr zurück. Herr Johannson musste zugeben, dass es das beste Jahr war, an das er sich in seinem Leben erinnern konnte. Zwar war ihm der Auftrag der schwedischen Regierung erst etwas komisch vorgekommen, aber jetzt hatte sich Herr Johannson schon an das Leben in Teterow und natürlich besonders in Arturs Familie gewöhnt. Obwohl er jeden Tag gut mit seiner Arbeit vorankam, konnte Herr Johannson aber noch kein Ende absehen. Doch auch das machte ihn nicht im Mindesten unglücklich, er freute sich schon auf das kommende Jahr, besonders auf nächsten Sonntag. Da war er nämlich schon mit Artur verabredet, dass sie gemeinsam in den nahe gelegenen Zoo fahren und sich dort Tiere ansehen wollten.

Im Zoo zeigte Artur Herrn Johannson auch die Tiere, die in den Wäldern bei Teterow wohnten. Er zeigte die Rehe, Kaninchen, Igel und Hirsche. »Bei uns in Schweden gibt es so ähnliche Tiere wie eure Hirsche«, sagte Herr Johannson zu Artur. »Sie haben große Geweihe und heißen Elche.«

»Ich weiß«, sagte Artur. »Komm mit! Die Elche stehen hier drüben.« Dann sahen sich die beiden die Elche an und Herr Johannson erklärte Artur, dass sie zwar schlecht sehen, aber dafür sehr gut riechen können und in Schweden sogar auf Verkehrsschildern vorkamen. »Irgendwann müssen wir mal zusammen nach Schweden fahren«, schlug Artur vor.

»Ja«, sagte Herr Johannson. »Das können wir bestimmt einmal machen.«

Am Abend erhielt Herr Johannson wieder einen Anruf. »Hallo, Herr Johannson?«

»Ja, hier ist Herr Johannson.«

»Hier spricht wieder Frau Ekström von der schwedischen Regierung. Sie sind aber schwer zu erreichen«, sagte die Stimme.

»Ja, ich habe sehr viel zu tun mit meinem Auftrag. Ich arbeite sogar sonntags!«, sagte Herr Johannson, obwohl er den Ausflug mit Artur zum Tierpark nicht als schwere Arbeit empfunden hatte.

»Herr Johannson, ich rufe an, um zu fragen, wie weit Sie mit ihrem Auftrag sind.«

»Das ist schwer zu sagen«, sagte Herr Johannson. »Ich mache jeden Tag große Fortschritte, aber es ist immer noch viel Arbeit.«

»Darf ich fragen, wie weit Sie mittlerweile sind?«, fragte Frau Ekström. Herr Johannson wollte nicht sagen, dass er immer noch Erkundigungen im ersten Stock bei der ersten Tür links anstellte.

»Ich bin schon ganz schön weit, es geht gut voran«, sagte er daher ausweichend.

»Es ist nämlich so«, sagte die Stimme am Telefon, »Frau Anna-Lisa Lund hat gerade gestern ihren Reiseführer über Peking bei uns abgegeben. Wir haben damit Reiseführer von allen Orten der Welt, von Aachen bis Zypern. Nur Teterow fehlt uns noch.« Herr Johannson war sehr beeindruckt. Wie hatten die anderen es nur geschafft, ihre Arbeit so schnell zu beenden? Sicher hatten sie ein anderes System benutzt. Aber ihm fehlte eben die Erfahrung beim Schreiben solcher Reiseführer.

»Ich bin dran«, sagte Herr Johannson schließlich zu Frau Ekström. »Sie können sicher sein, dass der Reiseführer über Teterow einer der gründlichsten in ihrer Sammlung sein wird.«

»Gut«, sagte die Stimme am Telefon. »Dann machen Sie eben weiter. Aber beeilen Sie sich vielleicht ein bisschen.«

»Gut«, sagte Herr Johannson und legte auf.

Was weiter geschah, ist nicht bekannt. Aber wenn man die große Reiseführerbibliothek der schwedischen Regierung in Stockholm besucht, dann wird man beim Buchstaben »T« zwischen Telgte und Texel eine kleine Lücke finden, wo einmal Herrn Johannsons ausführlicher Reiseführer über Teterow stehen wird. Und wenn man die Stadt Teterow besucht, dann kann es einem leicht passieren, dass man den Schüler Artur dort über den Marktplatz spazieren sieht. Meistens ist er in Begleitung eines freundlichen älteren Herren, dessen Deutsch ein bisschen komisch klingt und der immer mit einem frisch angespitzten Bleistift etwas in sein dickes Notizbuch schreibt.

Linus steht auf

LINUS WAR IM VERGLEICH zu vielen anderen Kindern kein besonders anstrengendes Kind. Im Allgemeinen tat er, was die Erwachsenen von ihm verlangten, selbst dann, wenn es Linus teilweise oder vollkommen sinnlos vorkam. Und die Erwachsenen verlangten übrigens andauernd etwas von Linus. Er sollte sich eine Jacke anziehen, die er nach kurzer Zeit wieder ausziehen sollte. Er sollte abends seine Spielsachen wegräumen, die er mit Sicherheit morgens wieder ausräumen würde. Er sollte sich die Zähne putzen, weil das gut für die Zähne sei, obwohl die Erwachsenen, die das von ihm verlangten, schon viel länger als Linus ihre Zähne putzten und trotzdem entsetzliche Gebisse mit schwarzen Löchern und silberschmutzigen Metallfüllungen hatten. Das Merkwürdige an der Situation war, dass Linus fast nie etwas von den Erwachsenen verlangte und sich die Erwachsenen trotzdem kein Beispiel an ihm nehmen konnten. Immer wieder neue Forderungen ließen sie sich einfallen, mit denen sie ihn maßregelten. Wenn Linus selbst einmal einen kleinen Wunsch hatte, war dieser in aller Regel nicht erfüllbar. Die Mahlzeiten mussten beispielsweise immer am Tisch sitzend eingenommen werden, und obwohl die große blaue Pappschachtel im Tiefkühlschrank das Gegenteil verriet, behaupteten die Erwachsenen, dass jeder nur ein Eis essen könnte. Nach einem kurzen Blick schätzte Linus, dass jeder von ihnen mindestens drei Eis hätte essen können.

Aber er hatte sich abgewöhnt, Fragen zu stellen. Die Erwachsenen antworteten entweder mit einer Gegenfrage oder sie lenkten vom Thema ab oder sie guckten wütend oder sie machten all das auf einmal. In keinem Fall nutzte es etwas, Erwachsenen Fragen zu stellen. Sie schienen sich einfach nicht so auszukennen. Wenn Linus aus dem Kindergarten kam, fragten seine Eltern unablässig, wie es dort gewesen sei. Linus sollte ihnen alles erzählen, welche Lieder er gelernt, was es zum Essen gegeben, mit wem er gespielt hatte. Sie hätten am liebsten noch gewusst, ob und wie oft er auf der Toilette gewesen war, aber über diesem Thema ließ Linus als Mann von Welt die Decke des vornehmen Schweigens ruhen. Alle anderen Fragen sollte er aber genauestens beantworten und seine Eltern wunderten sich und staunten immer, was er so alles erlebte. Fragte Linus mal seine Mutter oder seinen Vater, was sie auf der Arbeit gemacht hätten, dann lachten sie nur auf und strubbelten ihm über den Kopf. So gern sie Fragen stellten, so wenig schienen sich die Erwachsenen mit den Grundregeln von Höflichkeit und Konversation auszukennen.

Aber weil Linus tat, was man ihm sagte, galt er als liebes Kind. Die Kindergärtnerin empfahl seinen Eltern sogar, sich unbedingt noch ein Kind ins Haus zu holen, weil man mit einem Kind wie Linus ja nicht merken würde, dass man überhaupt ein Kind habe. Nur bei einem Thema gab es immer wieder Streit zwischen ihm und seinen Eltern. Linus sollte nämlich prinzipiell jeden Abend schlafen gehen. Es gab keine Ausnahme. Wenn seine Eltern auch gelegentlich vergaßen, dass er sich die Zähne putzen musste oder Linus an manchem Morgen in seinem Schlafanzug frühstücken durfte, beim Thema Schlaf zeigten seine Eltern keinerlei Flexibilität. Sommer oder Winter, Geburtstag oder Weihnachten, Linus musste schlafen gehen. So sehr seine Eltern auf seinen Schlaf fixiert waren, er konnte ihn nicht gebrauchen. Bisher war Linus glücklicherweise jeden Morgen wieder aufgewacht, aber immer hatte er viele Stunden verloren, in denen er sehr gern gespielt oder ein Buch angesehen hätte. Seine Eltern behaupteten zwar, sie schliefen auch jede Nacht, aber das machte es für Linus beinahe noch schwerer. Denn wenn seine Eltern schliefen, hieß das, er konnte in dieser Zeit machen, was er wollte, solange es nur leise genug war. Wenn seine Eltern am Nachmittag schliefen, konnte er beispielsweise das Waschbecken bis zum Rand voll laufen und dann seine gelbe Ente über den Rand schwimmen lassen. Was hätte er da erst in einer ganzen Nacht ohne seine Eltern machen können!

Eines Nachts, kurz nachdem Linus keine Windeln mehr im Bett anziehen durfte, wachte er auf. Er musste pullern. Da hatte er den Salat! Seine Eltern waren ganz heiß darauf gewesen, dass Linus keine Windeln mehr trug. Schon tagsüber hatten sie ihn andauernd gefragt: »Musst du auf Toilette? Musst du auf Toilette?« Genervt hatte Linus schließlich selbst Bescheid gesagt, wenn er aufs Klo musste. Zum Dank bekam er seine schicken warmen Windeln nicht mehr und musste jetzt sehr aufpassen, wenn er hinfiel, weil sein Hintern nicht mehr so gut gepolstert war. Irgendwann hatten sie dann angefangen, ihm auch nachts keine Windel mehr zu geben. Eine Weile war es gut gegangen, aber jetzt lag er da, musste pullern und hatte keine Windel um. Linus dachte angestrengt nach, dann fiel ihm ein, dass er womöglich auch nachts auf die Toilette gehen konnte. Er hatte das zwar noch nie gemacht und war sich nicht ganz sicher, ob die Toilette auch nachts funktionierte, ob sie nachts überhaupt da war, aber es war sicher besser, es auszuprobieren, als weiter hier im Bett herumzuliegen. Linus stand auf.

Die Wohnung sah eigentlich so aus wie immer, bloß etwas dunkler. Er fand problemlos den Weg zur Toilette, die glücklicherweise so funktionierte wie immer. Als Linus die Tür zum Bad wieder hinter sich geschlossen hatte und auf dem Flur stand, fiel ihm auf, dass er jetzt am Ziel seiner Träume angelangt war. Es war nachts und er war wach! Linus schlich zum Wohnzimmer. Die Tür war nur angelehnt und durch den Türspalt drangen helles Licht und laute Geräusche hinaus auf den Flur. Linus war sehr überrascht. Normalerweise würde er jetzt schlafen, und auch seine Eltern schliefen jetzt. Wer also machte den Lärm? Es klang nicht, als ob lediglich noch der Fernseher lief, denn man hörte laute Schritte auf dem Fußboden und richtiges Menschenlachen. An den ganzen Quatsch von Monstern, Geistern und Gespenstern hatte Linus nie geglaubt. Trotzdem überlegte er jetzt schon sehr intensiv, was da im Wohnzimmer vor sich ging. Er überlegte so intensiv, dass sein Herz klopfte und sein Atem schneller ging. Wäre es nicht Linus gewesen, so hätte man denken können, dass er doch fast ein bisschen Angst hatte. »Blödsinn«, sagte er schließlich zu sich. »Geister und Gespenster gibt es nicht. Bestimmt läuft der Fernseher und die Katze tobt mit ihrem Ball herum. Du wolltest schon so lange mal nachts wach sein, jetzt gehst du da hinein und guckst mal nach.«

Linus drückte ganz vorsichtig gegen die Wohnzimmertür, sodass sich der Spalt vergrößerte und vergrößerte bis er seinen Kopf hindurchstecken konnte. Was er sah, verschlug ihm fast den Atem! Dunkelblaue Rauchschwaden waberten durch das unzureichend beleuchtete Zimmer. An der Musikanlage stand eine Frau, die Tante Ilona hätte sein können. Aber während Tante Ilona immer Kopfschmerzen hatte und in ihrer Gegenwart nicht zu laut gesprochen werden durfte, legte diese Frau Platten in die Musikanlage und drehte die Lautstärke hoch. Auf dem Sofa saß ein Paar, das so aussah wie Onkel Heiner und Tante Friederike, nur dass dieses Paar aus großen Gläsern Rotwein trank und leidenschaftlich knutschte, während Onkel Heiner und Tante Friederike nur miteinander stritten oder überhaupt nicht miteinander redeten.

Und mitten im Zimmer war eine Frau, die beinahe so aussah wie Linus' Mutter. Aber diese Frau trug ein schwarzes Abendkleid mit einer rosa Federboa! Sie hatte große rote Lippenstiftlippen, rauchte eine Zigarette durch eine lange schwarze Zigarettenspitze und tanzte auf dem Tisch. Ein Mann, der seinem Vater zum Verwechseln ähnlich sah, fuhr auf einem Einrad durch das Wohnzimmer, während er bunte Bälle in den Händen jonglierte.

Linus hatte genug gesehen. Er zog seinen Kopf zurück und die Tür vorsichtig und leise wieder zu. Nicht dass irgendeine der Gestalten in dem Zimmer eine Explosion hätte hören können, geschweige denn ein Türknarren. Eilig ging Linus zurück in sein Zimmer und legte sich ins Bett um nachzudenken. Was war da los? Verwandelte das Wohnzimmer nachts die Menschen? Oder gab es doch so etwas wie Geister, die nachts in der Wohnung wohnten? Linus war froh, dass er sich nicht selbst dort in dem Wohnzimmer hatte sehen müssen. Was hätte er wohl gemacht? Freche Fragen gestellt und in die Hose gekackt? Er überlegte noch kurz, ins Schlafzimmer seiner Eltern zu gehen, um nach ihnen zu sehen. Aber was er gerade im Wohnzimmer erlebt hatte, reichte Linus für heute. Wer weiß, was erst im Schlafzimmer los war. Während er noch darüber nachdachte, schlief er wieder ein.

Am nächsten Morgen wachte er auf wie immer. Er kletterte aus seinem Bett, zog sich die Hausschuhe an und ging in die Küche. Hier saßen seine Eltern, die allerdings überhaupt nicht gut aussahen. Die Haare seiner Mutter hingen wirr über ihr Gesicht, sein Vater hatte ein weißblasses Gesicht und rote Augen. Während Linus wie üblich drei Scheiben Toastbrot mit Nusscreme zu einer Tasse Milch aß, knabberten seine Eltern mit gequältem Gesichtsausdruck jeder an einer trockenen Brotscheibe herum und tranken in gierigen Schlucken ihren Kaffee. Mit den Gestalten, die Linus gestern Nacht im Wohnzimmer gesehen hatte und die seinen Eltern so ähnlich sahen, hatten seine Eltern so wenig Ähnlichkeit wie ein Ozelot mit einem Opossum. »Vielleicht liegt es daran, dass ich gestern geguckt habe?«, dachte Linus. »Das scheint ihnen nicht gut zu bekommen.« Er trank still seine Milch aus und ließ sich bereitwillig von seiner Mutter zum Kindergarten bringen. Seine Eltern wussten noch nicht, dass Linus von diesem Tag an nicht mehr dagegen protestieren würde, von ihnen ins Bett gebracht zu werden.

Emil der Erste

EMIL WAR KEIN BESONDERS einfaches Kind. Schon seine Geburt habe außergewöhnlich lange gedauert, weil der Kopf des zu gebärenden Knaben zu groß für den Weg durch den vorgesehenen Kanal gewesen war. Das Ganze war ein ausgesprochen animalischer Vorgang, die Gebärmutter seiner Mutter kontrahierte im Minutentakt und presste auf seinen rosazarten, noch nicht ganz landtauglichen Amphibienkörper, sein Kopf steckte fest in einem Knochenring, der nur mit ein wenig Haut bedeckt war, von innen betrachtet, war es die größte Katastrophe, die ihm in seinem Leben bisher passiert war, und von außen war es ein kaum weniger schöner, mit Fruchtwasser und Blut umkränzter Anblick, seine Mutter lag schweißgebadet in unendlichen Schmerzen in einem Krankenhausbett und sein Vater stand verzweifelt und hilflos japsend wie ein gestrandeter Fisch daneben. Sie alle drei, die Mutter, der Vater und Emil, der damals noch nicht Emil hieß, weil er noch gar keinen Namen hatte, weil er noch niemandem begegnet war, der ihm einen Namen hätte geben können und der auch bis eben in einer Welt gelebt hatte, in der ein Name etwas vollkommen Überflüssiges gewesen wäre, weil man Namen nur benötigt, um zwei ähnliche Dinge voneinander zu unterscheiden, und in der Welt, in der er bis dahin gelebt hatte, gab es nichts, was dem Knaben, der bald Emil heißen würde, auch nur im Mindesten geähnelt hätte, jedenfalls waren sie alle drei Menschen in diesem Moment durch das Gefühl verbunden, dass diese Qual niemals enden würde, obwohl es nur das war, was sie sich in dem Moment am sehnlichsten wünschten.

Es war ein freundlicher Arzt, der dieser Geisterbahnfahrt der Biologie ein Ende bereitete. »Wir können jetzt noch mal sechs Stunden warten oder wir können endlich einen Kaiserschnitt machen«, knurrte er die Hebamme an, die die ganze Zeit über probiert hatte, den Kopf des Kindes durch fachgerechte Handgriffe und geschickte Drehungen aus dem Leib der Mutter zu bekommen. Die Blicke von Mutter und Vater zu dieser frühen Morgenstunde verrieten ihr, dass sie mittlerweile vollkommen allein stand mit ihrem Wunsch, eine natürliche Geburt auszuführen. Die letzten Stunden hatten auch an ihr Spuren hinterlassen. Ihre dunkelblaue Leinenwäsche war in einem äußerlich und innerlich erbärmlichen Zustand, große blutige Flecken verzierten ihre gesamte Vorderseite und schwarze Schweißflecken wurden am Rücken und unter den Armen stündlich größer. Sie atmete kurz durch, nickte leicht mit dem Kopf und trat mit einem kleinen Seufzer einen halben Schritt zurück. Der Doktor schob zufrieden seinen Unterkiefer vor, trat an das Bett, löste die Bremsen an den unten befindlichen Rädern und schob das Bett mit einer Hand selbständig in Richtung Operationssaal, während er in der anderen ein schnurloses Telefon hielt, mit dem er das Operationsteam anforderte. Eine halbe Stunde später war Emil geboren und hieß Emil.

Trotz der offensichtlichen Biologie, trotz Blut, Schweiß und Tränen, trotz Erschöpfung, trotz der Tatsache, dass alle Wesen auf dieser Welt sich vermehren und trotz des beweisbaren Umstandes, dass noch nicht einmal Neugeborene und schon gar nicht Nichtgeborene überhaupt keine Gedanken haben, würden seine Eltern die Vorgänge dieser Nacht später wild interpretieren, so ähnlich wie Menschen das Verhalten ihrer Haustiere überinterpretierten. »Ja Emil, du warst schon bei deiner Geburt ein Dickkopf« oder »Das ging schon von Anfang an los, du wolltest damals ja schon nicht zur Welt kommen«, sagten sie häufig, als er schon viel größer war, in den Situationen, wo Emil nicht einverstanden mit den Umständen seines Lebens war und seine Eltern nicht bereit waren, die notwendigen Änderungen vorzunehmen. Und das, obwohl es für seine Eltern ein Leichtes gewesen wäre, Emil beispielsweise mit mehr Gummitieren, mehr Spielzeug und weniger Kleidungsregeln auszuhelfen.

Aber er gewöhnte sich an sein Schicksal und begann, es mit Fassung zu tragen. Natürlich war es eine Unverschämtheit, dass seine Eltern ihn jeden Morgen in den Kindergarten schleppten. Sie behaupteten immer mit Mienen gespielter Trauer, sie müssten zu einer »Arbeit« gehen. Aber wo diese Arbeit war, wie sie aussah und warum seine Eltern dorthin gehen mussten, konnten sie nicht plausibel machen. Immer, wenn Emil aus dem Kindergarten kam, waren seine Eltern jedenfalls in der Wohnung, und an den wenigen

Tagen, wo er nicht dorthin musste, waren sie auch genau dort, sodass diese »Arbeit«-Geschichte doch reichlich weit hergeholt schien. Aber nachdem Emil über gebührliche Zeit seinen Protest gegen diesen Umstand zum Ausdruck gebracht hatte, setzte er seinen aussichtslosen Kampf nicht weiter fort. Immerhin traf er im Kindergarten einige erfreuliche Altersgenossen und einige ausreichend nette Damen. So leistete er fortan nur mehr passiven Widerstand gegen seinen Abtransport in den Kindergarten, richtete es sich dann aber dort so gut ein, wie es den Umständen entsprechend möglich war. Genauso verfuhr er mit den absurden Kleidungsvorschriften, der Meinung seiner engstirnigen Eltern zu Tischsitten und Nahrungsauswahl sowie Schlafenszeiten. Emil machte das Beste draus.

Nur noch bei den außergewöhnlichen Frechheiten seiner Eltern, wie dem Aufsuchen von Ärzten, die Emil trotz seiner offensichtlicher Gesundheit mit ihren Geräten und Vorrichtungen quälten und zum Schluss sogar noch in den Arm stachen, erlangte er manchmal noch seine alte Form zurück, war er wieder sein altes revolutionäres Ich. Meist jedoch lebte er in den Tag hinein und gab vor seinen Eltern die Schmierenkomödie eines glücklichen Kindes. Ja, er hatte sich eingerichtet, angepasst, dem System gebeugt, das konnte schon sein, aber zum Ausgleich wurde er dafür wenigstens manchmal mit der behäbigen Zufriedenheit des Spießers belohnt.

Doch selbst diese kleine Welt selbst gewählter Entbehrung und Unterdrückung sollte nicht lange halten. Seine Eltern sprachen immer häufiger in ihrem belehrenden Tonfall auf ihn ein, den sie immer benutzten, wenn sie Emil etwas sehr Unangenehmes verkaufen wollten. Doch sie holten nicht die Bilderbücher aus dem Schrank, in denen in bunten, verlogenen Bildern die Hölle eines Arztbesuches zum Ausflug ins Paradies verklärt wurde. Nein, stattdessen tauchten neue Bücher in Emils Bibliothek auf, in denen Kinder Geschwister bekamen, Brüder oder Schwestern, und diese Tatsache sich dann als der glücklichste Umstand im Leben dieser Kinder überhaupt erwies. Seine Eltern stellten ihm Fragen wie: »Und, willst du auch ein Geschwisterkind, Emil?«, und lächelten ihn dabei mit verklärten Augen an. Er wusste, was er tun musste, und sagte: »Ja«, dann lächelten sich wiederum seine Eltern ganz verklärt an. Emil hatte keine Ahnung, was das alles bedeuten sollte, denn er hatte ja offensichtlich kein Geschwisterkind, aber wenn es seine Eltern glücklich machte, dass er »Ja« sagte, dann wollte er kein Spielverderber sein. Er musste sonst ganz andere, viel schlimmere Sachen anstellen, um seine Eltern zufrieden zu stellen.

Im Gegensatz zum geneigten Leser hatte Emil also überhaupt keine Ahnung, was vor sich ging. Auch dass er langsam nicht mehr auf den Schoß seiner Mutter passte, weil ihr Bauch beobachtbar wuchs, beunruhigte Emil noch nicht im Mindesten. Seine Eltern hatten immer gesagt, dass man vom vielen Essen einen dicken Bauch bekäme, und Emil freute sich, dass dieser Spruch jetzt einmal wenigstens bei einer Person zutraf. Denn sein eigener Bauch, den er sehr gut kannte, war nie wirklich dick oder rund gewesen, egal wie viel Huhn oder Pommes er dort hineingegessen hatte. Auch die Anschaffung zusätzlicher Kindermöbel empfand er angesichts der spärlichen Einrichtung seines Kinderzimmers nur als angemessen, obwohl er sich mehr als ein neues, eher zu kleines Ersatzbett einen eigenen Fernseher für sein Zimmer gewünscht hätte.

Wir wollen es abkürzen, Emil bekam einen Bruder. Der Anblick des kleinen Kindes in den Armen seiner Mutter war ein schlimmer Schock. Wie konnten sich seine Eltern noch ein Kind in die Wohnung holen, wo sie doch offensichtlich schon Schwierigkeiten hatten, für ihn zu sorgen? Nachdem Emil ein paar Jahre des Leidens hinter sich gebracht hatte, brachen nun für ihn Jahre von Teilen und doppeltem Leid an. Der ihm vollkommen unbekannte Junge wurde in seinem Zimmer untergebracht und es war nicht zu erkennen, dass seine Eltern dies als vorläufige Maßnahme ansahen, bis eine für alle zufrieden stellendere Lösung gefunden würde. Von jeder Tafel Schokolade gab es jetzt nur noch die Hälfte, wobei erwähnt werden muss, dass schon die ungeteilten Schokoladentafeln unerfreulich klein gewesen waren. Und so ging es weiter. Emils Glas war nicht mehr halb leer, sein Glas war jetzt dreiviertel leer.

Das Schlimmste für Emil war die Ungerechtigkeit. An seinen Bruder und ihn wurden vollkommen verschiedene Normen angelegt. Emil musste kerzengerade in seinem Stuhl sitzen und krümelfrei essen, während sein Bruder in einer Schale lag und Möhrenbrei durch die Küche spucken durfte. Emil musste sich seine Sachen holen und dann die Schuhe anziehen. Sein Bruder wurde auf einen Tisch gelegt, komplett aus- und angezogen und zwischendurch noch mit duftender Creme gesalbt. Emil musste sein eigenes Fahrrad hervorholen, mit dem er den langen gefährlichen Weg zum Kindergarten selbst fahren musste, während sein Bruder sicher auf einem gefederten Kindersitz auf dem Fahrrad seines Vater angeschnallt und komfortabel durch die Gegend gefahren wurde.

Es ist nicht so, dass Emil diese Ungerechtigkeiten einfach hingenommen hätte. Er fragte seine Eltern immer wieder, warum sein Bruder nicht die Hälfte von ihm können musste. Seine Eltern erzählten ihm daraufhin, dass sein Bruder viel kleiner sei als er, wobei Emil nicht verstand, was das eine mit dem anderen zu tun haben sollte, und vermutete, dass seine Eltern nur vom eigentlichen Thema ablenken wollten. Seine Eltern erzählten ihm, dass er damals auch nicht so viel habe können müssen, was natürlich das Thema aufdrängte, warum sie sich bei ihm nicht damit zufrieden geben konnten, wie sie das bei seinem Bruder taten. Und die ganze Sache war nicht nur auf seine Eltern beschränkt, die Angelegenheit hatte Dimensionen. Auch andere Leute, wie seine Großeltern oder sogar sein früher stets so zuverlässiger Lieblingsonkel, der seinen Eltern gegenüber oft ein zusätzliches Eis für ihn durchgesetzt oder Emil ein weitere Stunde vor dem Schlafengehen bewahrt hatte, wandten sich von ihm ab und schlugen sich auf die Seite seines Bruders.

Seine Eltern versuchten anfangs, ihn zu beruhigen. Mit zunehmender Zeit verloren sie jedoch ihre Nerven und reagierten immer gereizter auf seine Fragen. Er müsse sich nicht immer ungerecht behandelt fühlen, denn er werde nicht ungerecht behandelt, war die letzte Auskunft, die er von seinen Eltern immer wieder erhielt. Davon wichen sie nicht mehr ab. Nicht nur, dass Emil diese Argumentation nicht gerade überzeugte, wenn er sagte, er wolle noch ein Eis, weil er noch ein Eis wolle, wurde sein Wunsch ja auch einfach abgeschmettert, das mantra-artige Wiederholen dieses Satzes durch seine Eltern bestärkte in ihm noch den Verdacht, dass sie nicht mehr richtig funktionierten. Die Sache war ein ganz großes Ding, eine riesige, gegen Emil gerichtete Verschwörung. Er nahm an, dass es irgendwie mit Gehirnwäsche zusammenhing, dass sein Bruder irgendwie selbst in dieser Richtung Fähigkeiten hatte oder im Auftrag von jemandem handelte, der viel größer war als er.

Eines Abends sollte Emil alles herausfinden. Er war nachts aufgewacht und musste auf die Toilette gehen. Im Gegensatz zu seinem Bruder durfte Emil seit Langem keine Windel mehr tragen und das Einnässen ins Bett brachte mehr Ärger von seinen Eltern ein als lohnenswert war. Seine Eltern waren nicht davon zu überzeugen gewesen, dass Emil doch am besten erst dann ins Bett ging, wenn er das letzte Mal auf Toilette gewesen war. Er hatte auch versucht darauf hinzuweisen, dass er doch schließlich älter als sein Bruder war, aber dieses Altersargument war offensichtlich eine Klinge, die nur in einer Richtung schnitt. Er schlich sich auf die Toilette, damit ihn seine Eltern nicht hören und dann in sinnlose Gespräche verwickeln würden. Was würde er schon machen, nachts auf dem Weg zur Toilette? Und ja, natürlich würde er danach wieder ins Bett gehen. Er hatte nicht vorgehabt, anschließend in den Kindergarten zu gehen. Also setzte Emil vorsichtig einen Fuß vor den anderen, spülte nicht auf der Toilette und schloss die Tür leise. Als er es schon fast geschafft, die Türklinke zu seinem Zimmer schon in der Hand hatte, hörte er plötzlich seinen Namen aus dem Wohnzimmer.

»Sind die Kinder schon im Bett?«, hörte er seine Mutter.

»Ja doch«, antwortete Vater. »Auch der Große?«

»Natürlich.«

»Willst du nicht lieber nachgucken?«

»Das ist nicht nötig«, sagte sein Vater. »Die schlafen beide tief und fest.«

Seine Mutter seufzte erleichtert. »Dann mach' uns mal eine schöne Flasche Weinbrand auf.«

»Gern, Schatz.« Emil hörte das Klirren von Gläsern und Flaschen. Sie prosteten sich zu.

»Also anstrengend ist das ja mit zwei Kindern«, fing seine Mutter wieder an.

»Unheimlich«, pflichtete ihr der Vater bei.

»Ehrlich gesagt, finde ich es am schlimmsten mit dem Großen.«

»Das geht mir genau so. Vor allem, dass man ihm immer wieder sagen muss, dass er nicht ungerecht behandelt wird.«

»Das glaubt er uns sowieso nicht.«

»Na ja«, kicherte seine Mutter. »Es ist ja auch nicht gerade unauffällig, wie wir das machen. Der Kleine kackt in die Windeln, er muss alles selber machen.«

»Ja, aber es reicht eben nur für ein Kind. Und ich habe mich eben für den Kleinen entschieden.«

»Das musst du mir doch nicht sagen. Es ist ein Wunder, dass wir für Emil überhaupt noch einen Finger krumm machen, wenn man ihn mit dem Kleinen vergleicht.«

»Aber es ist dadurch noch schlimmer geworden. Seit er merkt, dass wir ihn benachteiligen, jammert er noch mehr als früher. ›Nein, nein. Warum, warum?‹ Ich kann es nicht mehr hören.«

»Das ist der Preis. Soll er froh sein, dass wir uns wenigstens noch ein bisschen Mühe mit ihm geben.«

Emil stand konsterniert an seiner Tür, während sich seine Eltern im Wohnzimmer offensichtlich zuprosteten. Nachdem er wieder in dem Zimmer angekommen war, das einmal seines gewesen war, ging er nicht ins Bett. Er zog eine Tasche aus der Schublade und packte so viel Wäsche dort hinein, wie er tragen konnte. Das war nicht viel. Dann nahm er noch seinen grauen Münsterländer aus Plüsch, der Einzige, der immer zu ihm gestanden hatte, setzte sich seine Mütze auf und verließ die Wohnung, in der er so fremd geworden war. Im Schein der letzten Laterne sah man nur den Schatten eines Jungen, der eine viel zu große Tasche hinter sich über das Straßenpflaster zog.

Wilhelm, der immer groß sein wollte

WILHELM WAR EIN FREUNDLICHES, gut aussehendes und höfliches Kind, das stets reichlich und mit Freude von dem aß, was ihm die Eltern auf den Tisch stellten. Er sah nicht zu viel fern, brachte den Mülleimer unaufgefordert herunter und räumte dienstags und freitags die Geschirrspülmaschine ein und aus. Jeden Morgen duschte er gründlich, wobei er sogar darauf achtete, sich hinter den Ohren zu säubern. Und er vergaß nie, die Toilettenspülung zu betätigen.

Eigentlich gab es an Wilhelm nichts auszusetzen, was auch seine Eltern bestätigten, die häufig auf ihren wohlgeratenen Sohn angesprochen wurden, manchmal sogar von wildfremden Leuten.

»Ja«, seufzte seine Mutter dann. »Es ist fast alles bei ihm in Ordnung.«

»Fast alles?«, fragten dann die Leute verwundert. »Was soll denn bei diesem Kind nicht in Ordnung sein?«

Dann blickte die Mutter Wilhelm immer besorgt an und streichelte ihm über sein schwarzes Haar. »Er will zu schnell groß werden.«

Die Leute lachten dann für gewöhnlich, weil sie

es für einen Witz von Wilhelms Mutter hielten. Welche Mutter klagte schon darüber, dass ihr Kind groß werden wollte? Und auch Wilhelm blinzelte die Leute aus seinen klugen Augen lustig an. Seine Mutter aber, die es ganz ernst gemeint hatte, seufzte dann leise, sie und auch Wilhelm verabschiedeten sich höflich von den Leuten und gingen dann weiter.

Wilhelms Eltern machten sich aber wirklich Sorgen. Schon als Baby war ihr Sohn so gewesen. In dem Alter, wenn andere Kinder zu krabbeln anfingen, hatte Wilhelm seine Hände zur Mutter ausgestreckt und laut geschrien. Wenn er dann ihre Hände zu fassen bekam, hatte er sich auf seine Füße gezogen und zu laufen versucht, obwohl er dafür noch viel zu klein war.

Als seine Mutter ihn abgestillt hatte, wollten seine Eltern ihm Brei zu essen geben. Doch Wilhelm hatte keinen Brei gewollt. Sein Vater hatte ein riesengroßes Kochbuch gekauft, aus dem er die wunderbarsten Breie für Babys kochte. Sie kauften für Wilhelm das beste Gemüse und das saftigste Obst, das es gab. Sie setzten sich gemeinsam mit ihm an den Tisch und sangen Lieder. Aber Wilhelm wollte keinen Brei essen. Er verschloss ganz fest seine Lippen und ließ keinen Löffel hinein. Seine Eltern klatschten und tanzten vor ihm, damit er nur den Mund aufmachte. Und nur wenn Wilhelm nun doch einmal aus Versehen lachte, zum Beispiel, weil sein Vater ausrutschte oder seine Mutter sich selbst gegen die Stirn schlug, und wenn er dabei den Mund ein bisschen aufmachte, dann schoben ihm seine Eltern einen Löffel mit Brei in den Mund, aber Wilhelm spuckte den Brei sofort empört wieder aus.

Zum Schluss hatten seine Eltern Wilhelm allabendlich ungefüttert ins Bett gebracht. Erschöpft hatten die Mutter und der Vater den Brei gegessen, der wenigstens ihnen ganz wunderbar schmeckte. Seine Mutter streute sich nur etwas mehr Salz darüber und sein Vater trank dazu ein kleines Bier.

Wilhelm war schon ziemlich dünn geworden, und auch seine Eltern sahen schon ganz schmal aus von den vielen anstrengenden Versuchen, ihm den Brei zu geben.

Eines Tages, als die Mutter gerade nicht zu Hause war, aß Wilhelms Vater erschöpft und hungrig eine Mettwurststulle, während er mal wieder, schon ziemlich halbherzig, versuchte, Wilhelm seinen Babybrei zu geben. Wilhelm aber rutschte aufgeregt auf seinem Stuhl hin und her, schrie und zeigte aufgeregt mit dem Finger. Der Vater war ziemlich ratlos, so etwas hatte er noch nie bei seinem Sohn gesehen. Endlich verstand er und hielt Wilhelm die Mettwurststulle hin.

»Hier, das wird dir sowieso nicht schmecken«, sagte er.

Die Mettwurst war mit dicken Zwiebelscheiben belegt und reichlich mit scharfem Senf bestrichen.

»Iss vorsichtig!«, sagte Wilhelms Vater, als er ihm die Stulle zum Kosten hinhielt. Das Baby Wilhelm aber biss ab, kaute kräftig und ihm schmeckte die Stulle so wunderbar, dass es seinem Vater keinen Krümel davon übrig ließ. Und fortan gab es keine Probleme mehr mit Wilhelms Ernährung.

Seine Eltern mussten nur mehr von ihrem Erwachsenenessen kochen und ihm davon abgeben.

Und von diesem Abendbrot an aß Wilhelm wirklich alles: Braten mit Klößen, Pizza mit Tomaten, Sauerkraut mit Würstchen und sauren Hering. Das heißt, wirklich alles außer Babybrei. Den kochten sich manchmal seine Eltern und aßen ihn heimlich, wenn Wilhelm schon im Bett war, weil er ihnen so gut schmeckte.

Mit dem Spielzeug verhielt es sich ganz ähnlich. Wilhelm hatte ein feines Gespür dafür, welche Spielsachen für Kinder vorgesehen waren und welche nicht. Es gab große Bagger aus leuchtend rotem Plastik, rot lackierte Holzbausteine und Hüpfbälle mit Sonne, Mond und Sternen darauf.

Das alles wollte Wilhelm nicht haben, schon allein deswegen, weil es für Kinder vorgesehen war. Wilhelm wollte gern mit Messern, Steckdosen, schweren Bratpfannen und den vielen Fernbedienungen spielen, die bei ihm zu Hause herumlagen.

Wenn er sich nicht ganz sicher war, ob etwas für ein Kind sein sollte oder nicht, zum Beispiel bei dem großen blauen Eimer, der im Badezimmer stand, spielte er zur Sicherheit lieber nicht damit. Wilhelm liebte sogar Kamillentee und Stützstrumpfhosen, nur weil er wusste, dass das Sachen für Erwachsene waren.

Zu seinen Geburtstagen packte er die großen Pakete von seinen Eltern und seinen Großeltern mit viel Geschick aus. Wenn er darin aber einen Kaufmannsladen oder ein Indianerzelt fand, legte er die Geschenke enttäuscht in die Ecke, nahm sich einen Kugelschreiber seiner Eltern und schrieb etwas in sein Rechenheft.

Im Laufe der Jahre bekam Wilhelm natürlich kein Kinderspielzeug mehr zum Geburtstag. Man schenkte ihm Taschenrechner, Strümpfe und Kreuzschlitzschraubendrehersets. Weil das Sachen für Große waren, freute sich Wilhelm sehr über diese Dinge und bedankte sich überschwänglich bei seinen Eltern, auch wenn er manchmal noch nicht so genau wusste, was er zum Beispiel mit einem Kreuzschlitzschraubendreherset anfangen sollte.

Aber irgendwann endlich war es so weit, Wilhelm, der immer groß sein wollte, war groß. Seine Eltern stellten sich ganz feierlich vor ihm auf und guckten ihn mit großen Augen an.

Seine Mutter umarmte ihn, was Wilhelm hasste und sagte: »So, mein Sohn, du bist jetzt groß und kannst ab heute in deiner eigenen Wohnung wohnen. Und wir wollten dir noch sagen: Du bist ein Prinz. Wir wollten es dir erst heute sagen, damit du vor den anderen Kindern nicht damit angeben konntest.«

Sie gab ihm die Adresse und die Schlüssel von seiner eigenen Wohnung und eine kleine Prinzenkrone. Wilhelm, der sehr froh war, jetzt endlich groß zu sein, verabschiedete sich von seinen Eltern und zog in seine Wohnung.

Nach wenigen Tagen aber wurde es Prinz Wilhelm ein bisschen langweilig in seiner Wohnung. Zwar hatte er keine Probleme. Weil er immer schon groß gewesen sein wollte, konnte er natürlich selbst Wäsche waschen, einkaufen, Essen kochen, Mülleimer herunterbringen und was sonst noch so dazugehört, wenn man eine eigene Wohnung hat. Aber es war ihm ein bisschen einsam zumute. Doch er hatte keine Ahnung, was er dagegen tun sollte. Wilhelm saugte in seinem Zimmer Staub und berechnete mit dem Taschenrechner die Flugbahn des Mars. Trotzdem fühlte er sich noch einsam. Er drückte die Knöpfe von allen Fernbedienungen, schaltete die Mikrowelle an und kochte sich einen großen Kaffee. Alles half nichts. Als Wilhelm gerade verzweifeln wollte, da klingelte es an seiner Tür. Wilhelm öffnete und vor ihm stand ein sehr nett aussehendes, großes Mädchen.

»Guten Tag«, sagte das Mädchen. »Ich bin Prinzessin Olga und ich suche noch eine Wohnung mit einem Prinzen.«

»Das trifft sich gut«, antwortete Wilhelm. »Mir war gerade ein bisschen langweilig.« Er ließ Olga herein. Die Wohnung hatte viele Zimmer, in einem von ihnen konnte die Prinzessin jetzt wohnen.

Nachdem Olga ihre Taschen ausgepackt, die beiden Abendbrot gegessen und Wilhelm danach noch die Geschirrspülmaschine eingeräumt hatte, saßen sie an dem großen Tisch in ihrer Wohnung und schauten sich an.

»So, Prinz Wilhelm. Was wollen wir denn jetzt machen?«, fragte Prinzessin Olga fröhlich.

»Ich weiß nicht«, sagte Wilhelm. »Wollen wir vielleicht die Knöpfe aller Fernbedienungen drücken?«, schlug er vor.

»Das klingt aber langweilig. Wollen wir nicht lieber etwas spielen?«, fragte Olga. »Zum Beispiel ›Mensch ärgere dich nicht‹ oder ›Domino‹?«

»Spiele sind etwas für Kinder«, sagte Wilhelm verächtlich. »Und wir sind doch schon groß.«

»Trotzdem«, sagte die Prinzessin. »›Mensch ärgere dich nicht‹ spiele ich immer noch gern. Welche Spiele kannst du denn?«

»Ich kann gar keine Spiele«, sagte Wilhelm. »Ich

wollte schon immer groß sein.« Und er merkte, dass dieses ganze Gerede über »Mensch ärgere dich nicht« ihn langsam sehr ärgerte.

»Aber was wollen wir denn sonst machen?«, fragte Olga.

»Wir können zum Beispiel den Mülleimer herunterbringen oder die Geschirrspülmaschine einräumen.«

»Das haben wir doch aber schon gemacht.«

»Dann«, sagte Wilhelm unzufrieden, »dann warten wir, bis die Geschirrspülmaschine durchgelaufen ist und räumen sie wieder aus.«

»Aber was machen wir in der Zwischenzeit?«, wollte Olga wissen.

»Wir können ja jemanden anrufen«, sagte Prinz Wilhelm. »Wen wollen wir denn anrufen?«, wunderte sich Olga. »Wir sind doch beide da.«

Jetzt platzte Wilhelm endgültig der Kragen. »Zum Kuckuck, wir können sowieso kein Spiel spielen, denn ich habe so etwas nicht. Ich habe so etwas noch nie gehabt.«

»Kein Problem«, sagte Prinzessin Olga. »Ich habe einen ganzen Koffer voll.«

Sie ging in ihr Zimmer und holte dort einen großen gelben Koffer, den sie auf den Küchentisch stellte. Sie öffnete mit schnappendem Geräusch die zwei silbernen Schnallen, mit denen der Koffer verschlossen war, und öffnete ihn. Olga hatte nicht gelogen, der ganze Koffer war voll mit Spielzeug! Sie holte eine kleine Kiste heraus, stellte sie auf den Tisch und dann zeigte sie Wilhelm, wie man »Mensch ärgere dich nicht« spielt. Sie musste ihm alles erklären, er kannte keinen Würfel, keine Spielfiguren und auch das Herauswerfen verstand er lange nicht.

»Komisch«, sagte Prinzessin Olga, »das können doch schon Dreijährige.« Sie spielten noch den ganzen Abend, und je später es wurde, desto öfter gewann auch Wilhelm.

»Das können wir doch jetzt jeden Abend machen«, schlug Olga vor.

»Na gut, wie du meinst«, murmelte Wilhelm verlegen, der nicht zugeben wollte, dass ihm das Ganze einen Riesenspaß machte.

Und so kam es, dass Prinz Wilhelm, der immer groß sein wollte, als er dann endlich wirklich groß war, am Ende doch noch klein sein konnte.

Felix, der Feuerwehrmann, und der Schwurbeldurbel

ES WAR EINMAL ein Feuerwehrmann namens Felix, der lebte im Wald am Ufer eines kleinen Sees. Jeden Morgen stand er früh auf, frühstückte, putzte sich die Zähne, zog sich seine Feuerwehruniform an und ging dann zu seiner Arbeit. Felix war Feuerwehrmann in einem kleinen Ort am Ufer des Sees.

Doch obwohl er schon seit vielen Tagen und vielen Jahren hier arbeitete, musste man sagen, dass er doch noch nie auch nur ein einziges Feuer gelöscht hatte. Das hing sicherlich damit zusammen, dass der Ort wirklich sehr klein war. Zwar gab es hier etliche Häuser, mehrere verschiedene Kirchen, zwei Einkaufszentren, ein Hallenbad und eine Gokart-Bahn, aber alles war klein, so winzig klein, dass ein einziger fallender Grashalm mehrere Häuser unter sich begraben konnte.

Wenn die Pusteblumen-Samen über das Land trieben, herrschte große Gefahr in dem kleinen Ort, denn so ein Pusteblumen-Fallschirm konnte ganze Dächer dort einreißen. So klein war der

Ort. Wie er hieß? Keiner wird es jemals wissen, denn das Ortsschild war so klein, dass niemand es lesen konnte.

Aber glücklicherweise, weil der Ort so klein war, wohnte dort natürlich auch niemand. Einmal hatten die Makler den kleinsten Mensch der Welt zur Besichtigung dorthin eingeladen. Sie hatten ihm das größte Haus im Ort gezeigt und viele schöne Worte gemacht. Doch der kleinste Mensch der Welt hatte nur die Stirn gerunzelt und dann mit dem Finger auf diese gerunzelte Stirn getippt.

»Was soll ich denn damit?«, hatte er entgeistert gefragt. »Als Fingerhut benutzen, oder was?«

Er war wütend abgerauscht, und seitdem hatten die Makler niemandem mehr den Ort gezeigt. Eine schreckliche Fehlplanung, der ganze Ort, er hätte nie gebaut werden dürfen.

Man dachte, wenn man nur immer kleiner baut, kann man immer mehr Geld sparen und hatte dann vergessen, dass man keine kleinen Menschen zu den Häusern dazubekommt.

Nur einen Feuerwehrmann gab es dort eben, das war Vorschrift, das musste so sein, auch wenn niemand sonst dort lebte. Felix selbst wohnte natürlich in einem normalen Haus am Rande des Ortes. Seine Dienststelle lag am anderen Ende des Ortes. Sein Weg zur Arbeit war trotzdem nur so lang wie ein viertel Schritt, sodass Felix jeden Morgen sehr schnell zur Arbeit kam.

Aber dort passierte, wie gesagt, niemals etwas. Denn weil in dem Ort keine Leute wohnten, gab es auch niemanden, der ein Lagerfeuer machte, niemand, der mit Streichhölzern kokelte, niemanden, der ein Feuerwerk anzündete. Und weil die elektrischen Leitungen für die kleinen Häuser so winzig klein waren, passte sogar kein Strom mehr durch sie hindurch, sie waren einfach zu eng.

Auch durch die Gasleitungen passte kein Gas. Nicht mal durch die Telefonleitungen passten Gespräche. Natürlich hätte niemand dort wohnen wollen.

Eine Planungskatastrophe! Der Ort war dadurch aber immerhin sehr sicher, sodass nur selten ein Brand ausbrechen konnte. Die Kriminalitätsrate war Null.

Um ganz ehrlich zu sein, waren in Felix' Dienstzeit sogar schon einige Brände passiert. Durch Sonneneinstrahlung an trockenen Tagen hatten sich einige Häuser entzündet und waren bis auf die Grundmauern niedergebrannt. Es hatte früher sogar zwei Hallenbäder in dem winzigen Ort gegeben, von denen eines ebenfalls abgebrannt war.

Felix hatte es aber nie bemerkt. Die Häuser waren so winzig klein, dass man einen Brand dort nicht bemerken konnte. Man konnte keinen Rauch riechen und man konnte keine Flammen sehen. Selbst wenn man versehentlich mit der Hand mitten auf den Brand gekommen wäre, hätte man es weniger bemerkt als den Stich der Nadel einer Tanne, und Tannennadeln stechen ja praktisch nicht.

Nun könnte man Felix schelten und sagen, er hätte besser aufpassen müssen, aber nein, es war besser so. Denn hätte Felix einen der Brände bemerkt und hätte er ihn mit seinem Schlauch gelöscht, der ganze Ort wäre vernichtet gewesen.

Mit einem einzigen Wassertropfen hätte man in dem Ort zehn Häuser unter Wasser setzen können und selbst der klitzekleinste Wasserstrahl hätte den ganzen Ort hinweggespült. Da auch niemand in den Häusern wohnte, war es ohnehin weniger wichtig, ob dort noch alle Häuser standen oder gelegentlich mal eines abbrannte.

So saß Felix, der Feuerwehrmann, tagaus, tagein an seinem Diensttisch und hatte nichts zu tun. Für ein richtiges großes Feuerwehrhaus war kein Geld da gewesen, und deshalb war sein Arbeitsplatz ein schöner Holztisch mit vier Stühlen. Und weil es aber nichts zu tun gab, spielte Felix den ganzen Tag Karten mit dem Schwurbeldurbel.

Der Schwurbeldurbel war ein merkwürdiges Tier des Waldes. Er hatte eine grüne Nase und ein oranges Fell. Er wäre eine leichte Beute für alle Tiere gewesen, wenn es sich im Wald nicht herumgesprochen hätte, dass ein Schwurbeldurbel ausgesprochen übel schmeckte, noch schlimmer als er roch. Also machten alle einen Bogen um ihn und er konnte in Ruhe mit Felix Karten spielen.

Weil der Schwurbeldurbel die Kartenspiele von Felix nicht kannte, spielten sie eigentlich immer »Blonz den Schlemihl!«, ein Kartenspiel, das sonst nur Schwurbeldurbel spielten.

Wie der Schwurbeldurbel Felix erklärte, ging es bei dem Spiel darum, möglichst viele Karten nebeneinander zu legen. Diese Karten sollten aber auch noch möglichst schön aussehen. Der mit den meisten schönen Karten hatte gewonnen oder derjenige, der den Schlemihl blonzte.

»Wie kann man den Schlemihl blonzen?«, hatte

Felix gefragt. Aber der Schwurbeldurbel hatte gesagt:

»Um dir das zu zeigen, bräuchten wir ein original Schwurbeldurbel-Kartenspiel.«

»Dann hol doch so ein Kartenspiel! Du wohnst doch um die Ecke«, forderte Felix ihn auf.

»Das geht leider nicht, denn ich bin der letzte meiner Art«, sagte der Schwurbeldurbel.

»Oh, das tut mir aber leid. Entschuldige bitte«, sagte Felix.

»Nein, kein Problem«, antwortete der Schwurbeldurbel. »Eigentlich ist es sogar sehr angenehm. Die anderen sind alle für drei Wochen im Urlaub.«

»Ach so«, sagte Felix. »Ich dachte schon ...«

»Nein, nein«, beruhigte ihn der Schwurbeldurbel. »Aber die Kartenspiele haben sie natürlich alle in den Urlaub mitgenommen.«

So spielten sie »Blonz den Schlemihl!«, und weil er die Regeln viel besser als Felix kannte, gewann natürlich meistens der Schwurbeldurbel.

Aber eines schönen Tages trug es sich zu, dass Felix sehr gute Karten hatte. Drei Asse, fünf farbenprächtige Joker und alle Könige hielt er in seiner Hand. Der Schwurbeldurbel hatte nur drei Siebenen, zwei Neunen und ein paar Fünfen.

»Jetzt«, dachte Felix. »Jetzt oder nie!«

Sie spielten eine packende Partie gegeneinander. Es ging hin und her und her und hin. Es war ein sehr, sehr spannendes Spiel.

Alle erzählten sich hinterher, dass es die beste Partie »Blonz den Schlemihl!« war, die die Welt je gesehen hatte. Am Ende hatte Felix gewonnen und der Schwurbeldurbel verloren.

Da schickte sich der Schwurbeldurbel an, eine

gar laute Äußerung des Unmutes über seinem Odem hörbar anheischig werden zu lassen.

»Potz Blitz!«, sagte der Schwurbeldurbel. »So ein Mist!«

Weil aber Felix immer noch als Feuerwehrmann in dem kleinen Ort am Ufer des Sees arbeitet und keine Zeit hat, kennen wir diese Geschichte leider nur vom Schwurbeldurbel selbst. Dieser aber ärgerte sich jedes Mal erneut über seine Niederlage in dem legendären Kartenspiel, lief an dieser Stelle karmesinrot vor Wut an und konnte nicht weitererzählen.

Die Geschichte endet darum genau hier.

Tobias Frechdachs

DER JUNGE TOBIAS HATTE beinahe ebenso viele Freunde wie Spielzeugautos. Er konnte einen Fußball bis zum hinteren Zaun schießen, ohne Anlauf, und fünf Brötchen essen, wenn er hungrig war. Tobias war eigentlich wirklich ein toller Typ, aber er hatte sehr strenge Eltern.

Schon morgens, wenn er noch schlief und seine Mutter ihn weckte, meckerte sie ihn an: »Los Tobias! Finger in die Nase! Du kannst doch wenigstens schon mal ein bisschen popeln.«

»Ja, Mama«, stöhnte Tobias und begann lustlos in seiner Nase herumzupopeln.

»Und kannst du nicht deinen Schlafanzug auf den Boden schmeißen, wie andere Kinder auch?«, schimpfte seine Mutter nun schon wieder.

»Entschuldigung«, sagte Tobias, der immer noch ziemlich müde war, und schmiss seinen Schlafanzug vom Stuhl auf den Fußboden.

»Überhaupt, wie es hier aussieht«, schimpfte seine Mutter weiter. »Nichts liegt auf dem Boden herum, alles in den Regalen und Schränken eingeräumt. Wenn wir einmal Besuch bekommen, dann muss man sich ja schämen.«

»Ja, Mama«, sagte Tobias noch einmal und ging auf die Toilette.

Aber seine Mutter lief ihm auch dort hinterher.

»Und kannst du nicht einmal im Stehen pullern, wie andere Kinder auch? Und musst du wirklich jedesmal spülen und dir noch die Hände waschen? Wie oft soll ich dir noch sagen, dass man sich niemals die Hände wäscht, und schon gar nicht, wenn man auf der Toilette war?«

»Ja, Mama«, sagte Tobias schon wieder.

Nun wird dir das vielleicht komisch vorkommen, wenn du aus einem Land kommst, wo man sich die Hände waschen und nicht popeln soll. Aber Tobias kam nicht aus so einem Land, er kam aus Bösopotamien. In Bösopotamien gibt es eine Menge Regeln für Kinder, so wie in jedem andern Land auch, aber diese Regeln sind vielleicht etwas anders als die Regeln in dem Land, wo du wohnst. In Bösopotamien sollten die Kinder möglichst laut schmatzen beim Essen und auf jeden Fall sehr viel kleckern. Die Kinder sollten so viel wie möglich pupsen und rülpsen. Und auf gar keinen Fall durften sie »Bitte« oder »Danke« sagen, dann wurden sie von den Eltern auf den Flur gestellt. Wenn sie etwas geschenkt bekamen, sollten sie »Kacka« sagen und wenn sie etwas haben wollten »Arsch«.

Aber Tobias war ein sehr ungezogenes Kind. Er hörte weder auf seine Eltern noch auf die Erzieherinnen im Kindergarten. Tobias schmatzte und rülpste nicht, er sagte »Bitte« und »Danke«, er räumte seinen Teller selbst ab und achtete darauf, dass seine Sachen nicht schmutzig wurden. Und wenn es ging, wusch er sich die Hände, kämmte sich die Haare und putzte sich die Zähne. Wie man sich denken kann, waren seine Eltern natürlich kreuzunglücklich über Tobias. Was sollte aus so einem Lümmel schon werden?

Eines Tages kam ein neuer Junge in den Kindergarten, Artur. Der sah zwar anders aus, als die anderen Kinder, und er konnte den Fußball nicht ganz so weit schießen wie Tobias, aber dafür sehr hoch. Tobias ließ sich von Artur zeigen, wie man gut nach oben schießen konnte und bald wurden sie Freunde. Wie alle Kinder brachten die beiden morgens oft ein Spielzeug von zu Hause mit. Artur hatte immer ganz komische Spielzeuge, die Tobias nicht kannte. Artur erklärte ihm, dass er mit seinen Eltern aus einem weit entfernten Land nach Bösopotamien gezogen war. Das Land, aus dem Artur kam, hieß Lieberia.

Eines Tages lud Artur den Tobias zu sich nach Hause zum Spielen ein. Am Anfang bemühte sich Tobias noch um gutes Benehmen, sagte immer »Kacka«, rülpste und schmiss die Sachen herum. Aber weil Arturs Mutter so nett war, fühlte er sich bald sehr wohl. Als die Mutter den beiden Jungs Kakao brachte, rutschte Tobias sogar ein »Danke« heraus. Arturs Mutter fiel vor Schreck das Tablett herunter und auch Tobias war ganz erschrocken.

»Entschuldigung«, sagte Tobias. »Das tut mir sehr leid, ich wollte das nicht sagen.«

»Du musst dich nicht entschuldigen«, sagte Arturs Mutter. »Ich habe mich nur so erschrocken, weil ich seit Jahren versuche, dass Artur nur ein einziges Mal ›Danke‹ sagt. Aber er sagt immer nur ›Kacka‹ oder ›Arsch‹.«

»Das ist doch richtig?«, wunderte sich Tobias.

»Ja, in Bösopotamien ist das vielleicht richtig«, bestätigte Arturs Mutter. »Aber in Lieberia muss man ›Bitte‹ und ›Danke‹ sagen und darf nicht rülpsen.«

»Wirklich?«, fragte Tobias. »Darf man sich dort auch die Hände waschen und die Zähne putzen?«

»Das muss man sogar«, sagte Artur. »Vor jeder Mahlzeit und nach der Toilette muss man sich dort die Hände waschen.«

»Und niemand schimpft?«, wollte Tobias wissen.

»Nein, absolut niemand«, antwortete Arturs Mutter. »Die Leute schimpfen, wenn man sich nicht die Hände wäscht.«

»Das muss ja herrlich sein«, sagte Tobias. »Finden es die Leute nicht schön, den ganzen Tag so frech sein zu dürfen?«

»Nein«, sagte Artur nun. »Das ist doch nicht frech, das ist langweilig. Hier ist es schön, in Bösopotamien.«

»Ja«, sagte Arturs Mutter. »Artur fand es hier schöner. Deswegen sind wir nach Bösopotamien gezogen, weil Artur in Lieberia immer nur ausgeschimpft wurde.«

Tobias freute sich, dass er sich einmal so richtig gehen lassen konnte. Er musste die Beine beim Essen nicht auf den Tisch legen, er durfte ganz normal auf einem Stuhl sitzen, er konnte sich die Hände waschen und wenn er »Bitte« oder »Danke« sagte, wurde er nicht bestraft, sondern bekam von Arturs Eltern noch ein Eis zur Belohnung.

Aber am Abend wurde er vom vielen Frechsein ziemlich müde. Seine Mutter holte Tobias nach dem Abendbrot ab und brachte ihn nach Hause. Erschöpft zog sich Tobias aus und legte die Sachen auf seinen Stuhl. »Tobias!«, ermahnte ihn seine Mutter. Der grinste nur und fegte mit seinem Arm die Sachen auf den Boden. Wenn er sich mal wieder schlecht benehmen wollte, könnte er ja seinen neuen Freund Artur besuchen gehen.

Von Horst vom Iridiumsee

HORST BEKLAGTE DIE ERZIEHUNG seiner ersten Jahre sehr. Er war seinerzeit bei »Eltern« aufgewachsen, zwei alte, menschenähnliche Wesen, die anfangs auf der Grundlage ihrer körperlichen Überlegenheit, dann auf Grund lauten, ohrenbetäubenden Geschreis, schließlich aber überhaupt keine Macht mehr auf ihn ausgeübt hatten. Es hatte sehr lange gedauert, bis Horst herausgefunden hatte, dass er einfach von ihnen weglaufen konnte und sie nichts dagegen machen konnten. Sie kannten keine Zaubersprüche, sie besaßen keine funktionierende Kristallkugel und hatten keine Röntgenaugen. Der Tag, an dem Horst das herausgefunden hatte, sollte sein letzter im Haus dieser »Eltern« gewesen sein.

Bis dahin aber verbrachte er viele schreckliche Jahre dort. Die Eltern quälten ihn mit übel riechendem Essen und ungezuckerten Getränken. Sie zwangen ihn, aufzuräumen und zu Bett zu gehen. Ja, sie brachten ihn sogar dazu, seinen Himbeerkörper mit ekelhaft nassem und kaltem Wasser zu verunreinigen. Sommers wie winters musste Horst abgeschmackte Mützchen tragen, die einzig dazu dienten, Horst zum Gespött der Leute zu machen. Seine Eltern behaupteten zwar, diese Mützen würden ihn vor der Kälte und dem Schnee schützen, aber im Sommer sagten sie dann einfach, sie würden ihn vor Hitze und Sonne schützen. Offensichtlich ging es um etwas ganz anderes. Außerdem gängelten sie ihn den ganzen Tag mit ihren aufdringlichen Dressurversuchen. »Welche Hand gibt man der Oma?«, »Womit macht man sich die Nase sauber?« und natürlich: »Wie heißt das Zauberwort?«

Als ob es bei ihnen noch nicht schrecklich genug gewesen wäre, schleppten die Eltern Horst beinahe täglich in den so genannten Kindergarten. In diesem Garten wuchsen die Kinder zwar nicht, aber sie rannten herum. Angeblich waren sie dort, um zu lernen, aber die anderen Kinder waren selten auch nur genauso klug wie Horst, häufig weniger. Wie hätte er an diesem Ort etwas lernen sollen? Anstatt ihm etwas beizubringen, wurde Horst wie ein Hund abgerichtet. Er sollte Stöckchen holen oder bringen, Ball werfen und über irgendwelche Kästen springen. Alle sprachen mit ihm wie mit einem Blödian, redeten von »Wau-Wau« und »Balla«, wenn sie einen Hund oder einen Ball meinten. Fast schon pervers war das Interesse der alten Leute für Kot und Urin zu nennen. »Hast du gekackt?« oder »Musst du mal pullern?«, solche Fragen stellten sie ihm den ganzen Tag. Erwischten sie ihn gar dabei, wie er gerade in Ruhe auf der Toilette saß, dann waren sie vollkommen aus dem Häuschen, schrien und liefen aufgeregt herum. Peinlich war manchmal gar kein Ausdruck mehr für das, was Horst zu ertragen hatte.

Obwohl der Tag, der sein Leben für immer verändern sollte, sein Leben für immer verändern sollte, verlief dieser Tag doch äußerst unspektakulär. Geschichte liest sich hinterher immer viel besser in Büchern, als sie an dem Tag selbst ist. Seine Eltern hatten ihn an diesem Tag nicht mehr oder weniger schlimm behandelt als an allen anderen Tagen. Es hatte vorher Tage gegeben, an denen Horst mit seinem Schicksal mehr gehadert hatte als an diesem. Aber es war der Tag, der sein Leben für immer verändern sollte, und egal, was Horst oder seine Eltern oder sonst irgendjemand machte, dabei würde es bleiben. Als seine Eltern einkaufen gegangen waren, schrieb Horst ihnen einen Zettel, packte sein gelbes Taxi, den Bagger und das Schwert in den Büffelrucksack und ging los. Er zog die Tür hinter sich zu und ging ganz ruhig immer geradeaus, weil dieser Weg am leichtesten zu finden war. Auf dem Zettel stand: »Wartet nicht auf mich mit dem Abendbrot.« Er wusste, dass seine Eltern ihm für diese Information sehr dankbar sein würden, und er wollte sich nicht im Groll von ihnen trennen.

Horst lief, bis er zu einem Wald kam. In diesen bog er rechts ab, denn die Straße geradeaus hätte ihn am Wald vorbei geführt. Dann lief er den Waldweg weiter immer geradeaus, bis er zum Eingang einer dunklen Höhle kam. Horst lief in die Höhle hinein und ging vorsichtig immer weiter geradeaus, bis es nicht mehr weiterging. Dort war eine Tür aus Holz mit einer großen alten Metallklinke, wie er im Dunkel der Höhle ertasten konnte. Nun könnte man meinen, dass eine Tür am Ende einer dunklen Höhle in einem einsamen Wald in irgendetwas hinein führen würde. Zumindest für diese Tür traf das aber überhaupt nicht zu. Nachdem Horst diese Tür geöffnet hatte, wurde ihm klar, dass es die größte Ausgangstür war, durch die er überhaupt jemals hinausgetreten war.

Hinter der Tür war es nicht viel heller als in der Höhle. Die Erde war blauschwarz und der Himmel leuchtete in einem wütenden Grün. Wo man auch hinsah, öffneten sich in der Erde plötzlich kleine oder größere Spalten, aus denen mit lautem Zischen schwefelgelber Rauch emporschoss. Durch die Luft zischten Dutzende von schuppigen Drachen, die emsig bemüht waren, diese Rauchsäulen möglichst von Anfang an zu erwischen. Hatten sie eine erreicht, sogen sie begierig den übel stinkenden Qualm in ihre Nüstern. Wenn zwei Drachen gleichzeitig eine Rauchquelle anflogen, zischten sie wütend einander an und bespuckten die Flügel des anderen mit Feuer. Einbeinige Bronkas hüpften mit Reitern in blauen Rüstungen auf den Rücken durch dieses Durcheinander und aus der Ferne hörte man den Ruf eines Göls. Horst atmete tief die stechende Luft ein und schmiss dann seinen Büffelrucksack vor Freude in die Luft. Endlich einmal war alles normal, endlich war er zu Hause!

Es dauerte nicht lange, da hatte er sich gut eingerichtet. Er hatte sich im wilden Kampf mit einem Zoster eine eigene Höhle erobert in einer Gegend, wo relativ wenig Drachenflug war. Das Schlimmste an den Drachen war nicht ihr ewiges Herumgefliege oder etwa das Feuerspeien. Sie waren ziemlich einfältige Tiere und für niemanden eine ernsthafte Gefahr. Nein, unangenehm war vor allen Dingen, dass sie wie Vögel alle halbe Stunde kackten, und dabei war es egal, ob sie sich in der Luft, auf einem Stein oder in einer

Höhle befanden. Für Drachen gab es keine Toiletten. Dann flogen riesige Brocken glühender Lava durch die Luft und folgten allein der Schwerkraft. Wer in einer Gegend mit viel Drachenflug wohnte, konnte ein Lied davon singen. Der Zoster, von dem Horst die Höhle erobert hatte, respektierte ihn nun sehr, denn die Zoster waren ein kriegerisches Volk und zollten besseren Kriegern immer Respekt. Aber ihre größten Erfolge lagen schon viele Jahre zurück. Wegen ihrer langen, dünnen Hälse und der kurzen Beine waren sie nicht gerade besonders gute Krieger, sodass sie eigentlich allem anderen Respekt zollten. Man hätte sagen können, dass die Zoster im Grunde genommen ein Volk von Dienern waren, aber damit hätte man sie tödlich beleidigt, und das wäre sehr unhöflich gewesen.

Horst hatte einen eigenen Bronka, ein schönes grünes Tier mit einem riesigen Sprungbein, dem er regelmäßig die Krallen schnitt. Am Ufer des Iridiumsees fischte Horst beinahe jeden Tag nach Göls, die von den Kerchs und ein paar dümmeren Zostern Gölfische genannt wurden, wobei doch jeder wusste, dass ein Göl eben kein Fisch, sondern ein Reptiphon war. Wenn Horst mal ein Göl fing, dann verkaufte er es an einen Zoo und kaufte sich von dem Geld Speisequark und Yamswurzel. Daraus kochte er sich irgendein wohl schmeckendes Essen, das er abends am Lagerfeuer vor seiner Höhle gemeinsam mit dem Zoster verspeiste.

Wenn er so dasaß, zufrieden sein Abendbrot kaute und allen drei Sonnen beim Untergang zuschaute, dann freute er sich besonders, dass hier keine Kinder waren. Über seine Eltern dachte er nichts Schlechtes, aber nur, weil er gar nicht mehr an sie dachte.

Eines Morgens, Horst war gerade auf seinem Bronka zum Iridiumsee geritten und ihm war noch ein wenig schwindlig von den hohen Sprüngen, die das stolze Tier vollführt hatte, setzte er sich an das Ufer und holte seine Triola aus der Tasche, um den Lockruf des sächlichen Göls zu imitieren. Zwar war der Lockruf des weiblichen Göls leichter, aber mit seinem Ruf konnte Horst alle drei Geschlechter des scheuen Seebewohners anlocken. Theoretisch. Praktisch war der Seebewohner äußerst scheu und nur sehr selten gelang es ihm, mal einen Fang zu machen. Aber dafür waren die Preise sehr hoch, die von den Zoos dieser Welt für ein Exemplar gezahlt wurden, und Horst hatte in den letzten vier Jahren zwei Göls gefangen, sodass er es nun ganz entspannt angehen lassen konnte. Speisequark und Yamswurzel würde er sich in den nächsten zwanzig Jahren kaufen können, so viel er wollte.

Horst hatte gerade seine herrliche, aus echtem Ebenholz geschnitzte Triola an den Mund geführt und den ersten Ton aus der blauen Taste erklingen lassen, als plötzlich eine violette Hand aus dem Iridiumsee geschossen kam, Horst an der Gurgel griff und ihn mitsamt seines Instrumentes hinab in die Tiefe zog. Horst hatte schon Drachen von seinem Lagerfeuer verscheuchen müssen und war von Kerchs mit riesigen Steinen beworfen worden, aber diese Hand kam ihm nun doch recht ungelegen. Er hörte noch den verzweifelten Ruf seines treuen Bronkas, dann schlugen die Fluten des Iridiumsees über ihm zusammen und er hörte gar nichts mehr. Die Hand zog Horst immer tiefer hinab und es schien ihm eine Ewigkeit zu dauern, bis er endlich am Ziel seiner Reise angekommen war. Am Grunde des Sees stand ein Bungalow, und als sie ankamen, erhob sich ein Mannoh majestätisch aus einem Liegestuhl, der im Vorgarten des Bungalows stand. Der Mannoh machte eine knappe Geste zu der violetten Hand, die Horst hinuntergezogen hatte, und diese verschwand mit schnellen Bewegungen. Jetzt stand Horst dem Mannoh ganz allein gegenüber.

»Weißt du, warum ich dich hierher bringen ließ?«, donnerte der Mannoh. »Nein«, antwortete Horst, denn er wusste es nicht. »Die Hausordnung«, sagte der Mannoh vergrätzt. »Die Hausordnung gebietet, dass in den Zeiten von 22 bis 7 Uhr sowie am Wochenende zusätzlich von 12 bis 14 Uhr kein Lärm verursacht wird. Kein Rasenmähen, kein Schwertkampf und auch kein Triolaspiel. Und weißt du, wie spät es jetzt ist?« »Ich habe keine Ahnung«, gestand Horst. »6.50 Uhr! Zehn vor sieben. Die ersten Male habe ich nichts gesagt, aber jetzt bin ich doch ziemlich sauer.« Horst sagte lieber nichts, denn der Mannoh war ein mächtiges Wesen. »Und was soll jetzt geschehen?«, fragte der Mannoh. »Am liebsten«, sagte Horst, »möchtc ich wieder nach oben und ich verspreche, in Zukunft nicht mehr so früh Triola zu spielen.« »Wie bitte?« »Am liebsten möchte ich wieder nach oben und ich verspreche, in Zukunft nicht mehr so früh Triola zu spielen«, wiederholte Horst etwas lauter. Er dachte, dass der Mannoh ein bisschen schwerhörig war, und schaute ihn nun hoffnungsvoll an.

»Nein«, sagte der Mannoh. »Ich meine, wie heißt das Zauberwort?« Da durchfuhr es Horst wie ein

Blitz. Schlagartig wurde ihm alles klar. Das war der Sinn der ganzen Qualen seiner Kindheit gewesen, dafür hatte er all die Strapazen seines jungen Lebens auf sich nehmen müssen. Das Zauberwort. Das Zauberwort! Wie oft hatten seine Eltern das mit ihm geübt, nun war er vorbereitet und würde den Mannoh, sein Reich und seine Tochter im Sturm erobern. »Wie heißt das Zauberwort?«, wiederholte der Mannoh drohend. Horst strahlte ihn glücklich an und sagte: »Bitte!« Erst sagte der Mannoh nichts vor Erstaunen, dann stapfte er wütend mit dem Fuß auf und der Iridiumsee kräuselte sich wild über seinen Haaren. »Bitte? Was soll denn das für ein Zauberwort sein? Zauberwörter sind Jadem-jadom, Pffzck oder wenigstens doch Abrakadabra. Aber Bitte?« Der Mannoh erhob ohne zu zögern seinen Stab und schickte einen tiefgrünen Unterwasserblitz auf Horst.

Horst tauchte nie wieder an der Oberfläche des Iridiumsees auf. Seine Höhle nahm sich der Zoster wieder, der auch gut für Horsts Bronka sorgte. Der nächste Gölfischer glaubte manchmal unter der Oberfläche des Sees eine Figur schwimmen zu sehen, welche die Umrisse von Horst hätte haben können. Aber Genaueres erfuhr niemand.

Das Husten der anderen

Von Jakob und Karl Gustav Hein

HUSTENBURG WAR EIN KLEINES Königreich, irgendwo zwischen Island und Feuerland. Die Bewohner von Hustenburg husteten den ganzen Tag. Sie husteten laut und wenn sie flüstern wollten, dann husteten sie leise. Sie konnten ihre Kuchenbestellung beim Bäcker husten, und wenn die Lehrerin eine Frage stellte, meldeten sich die Schüler, um die Antwort zu husten. Hustenburg hatte den einzigen Hustenchor der ganzen Welt, in dem viele Hustenburger Bürger in den verschiedensten Tönen laut und melodievoll husteten. Die jungen Frauen husteten in den hohen Tönen, die älteren Frauen in den hohen, zarten, die jungen Männer husteten kraftvoll und die alten Männer tief und bedächtig.

Der Grund dafür, warum alle Hustenburger so schrecklich husteten, kam aus der Regierungszeit des glorreichen Hustenburger Königs Hustav III. Damals hatte Hustenburg noch viel weniger Einwohner gehabt, weil mehrmals in der Woche ein schrecklicher Drache Hustenburg heimsuchte, und ein paar Hustenburger auffraß. König Hustav hatte sich nun vorgenommen, dieses Problem ein für alle Mal aus der Welt zu schaffen. Der Drache war riesengroß, konnte Feuer speien, hatte eine dicke Schuppenhaut und einen riesengroßen Schwanz. Also versuchte Hustav gar nicht erst, den Drachen im Kampf zu besiegen. Dies hatten nämlich zahlreiche seiner königlichen Vorgänger getan und alle waren im Kampf unterlegen und schließlich im Bauch des Drachens gelandet.

Nein, Hustav versuchte, das Problem mit dem Drachen auf andere Weise zu lösen. Es war bekannt, dass der Drache stets im Winter mehr Hustenburger fraß als im Sommer. Also überlegte der König, warum das so war. Er beobachtete, dass der Drache die Hustenburger im Sommer nur schwer zu fassen bekam, im Winter aber schnell an ihren Schals greifen und zu sich in die Höhle schleppen konnte. Also verbat Hustav allen Hustenburgern das Tragen von Schals. Und siehe da, der Drache fing weniger Hustenburger, er konnte nämlich nicht besonders gut sehen.

Das brachte Hustav auf einen weiteren Gedanken: Wenn der Drache nicht gut sehen konnte, dann musste er Hustenburg vor allem mit seiner riesigen Nase finden. Aber wonach roch Hustenburg, dass der Drache es so gut finden konnte? König Hustav stand auf seinem Burgturm und dachte über diese Frage nach. Sein Blick schweifte über Hustenburg.

Da sah er überall den Rauch aus den Schornsteinen aufsteigen und plötzlich war ihm klar, wie der Drache so leicht nach Hustenburg finden konnte. Er verbat allen Hustenburgern, ihren Ofen zu heizen und befahl ihnen, bis zum Ende der Woche ihre Öfen auszubauen und vor die Mauern der Stadt zu werfen.

Der Plan funktionierte. Nie wieder kam der Drache nach Hustenburg. Die Bewohner aber bekamen im Winter ohne Heizung und Schal natürlich eine kräftige Erkältung. Aber sie waren froh und dankbar, sodass es niemand wagte, die Befehle des klugen Königs Hustav zu hintergehen. Schließlich hatte es niemals zuvor eine so lange Zeit von Wohlstand und Frieden in Hustenburg gegeben. Mit den Jahren dauerten die Winterhusten der Hustenburger immer länger und schließlich, keiner wusste mehr ganz genau, wann es geschehen war, husteten alle Hustenburger jeden Tag im Jahr, sommers wie winters.

Eines Tages, König Hustav war lange schon tot und selbst die Großeltern der ältesten Hustenburger hatten den Drachen nicht mehr mit eigenen Augen gesehen, kam ein fahrender Händler nach Hustenburg. Als er die Bewohner husten hörte, stellte er sich auf den Marktplatz und rief: »Hustensaft! Bester Hustensaft! Kommen Sie zu mir und sagen Sie Ihrem Husten Auf Wiedersehen!«

Die Hustenburger schauten sich den komischen Kerl an. Schon immer husteten sie, schon ihre Eltern hatten immer gehustet, sie wussten gar nicht, was der Typ von ihnen wollte.

»Probieren Sie es aus! Eine Flasche von meinem Hustensaft und Sie werden nie mehr im Leben husten! Männer können besser rennen! Frauen sehen liebreizender aus! Leben Sie ohne Husten dank meinem Hustensaft!«

Ein paar Neugierige kauften schließlich den Saft und probierten ihn aus. Es war kaum zu glauben, der Saft half perfekt. Nach ein paar Wochen hustete keiner, der ihn genommen hatte. Ach, wie fühlten sich diese Menschen glücklich! Sie konnten viel mehr essen, als die anderen Hustenburger, weil sie ihre Mahlzeiten nicht unterbrechen mussten, sie konnten viel besser reden, besser trinken, besser laufen, kurzum, sie waren glücklich. Die anderen Bürger waren schon neidisch, und als der fahrende Händler wieder nach Hustenburg kam, wurde er schon am Tor empfangen und sein gesamter Vorrat an Hustensaft aufgekauft. Er versprach, bald wiederzukommen mit Genug Saft für alle Hustenburger.

Aber bald beschwerten sich die vom Husten Geheilten, erst leise und dann laut. Keiner von ihnen konnte mehr im Hustenburger Chor mithusten. Ein paar von ihnen versuchten es, indem sie einen Husten vortäuschten, aber weil die Hustenburger seit Generationen husteten, konnten sie den Klang eines falschen Hustens sofort erkennen und warfen die Huster aus ihrem Chor. Diejenigen, die bei der Polizei waren, konnten ihrer Arbeit nicht mehr nachgehen. Die Hustenburger Polizei arbeitete nämlich mit Husterohren, die so ähnlich funktionierten wie Pusterohre, aber eben nur mit einem einwandfreien Huster zu bedienen waren. Die Pflanzenfreunde waren traurig, dass sie die Husteblumen nur noch abpusten und nicht mehr wie früher die Schirme mit einem einzigen Huster zum Fliegen bringen konnten. Schließlich schliefen die Geheilten keine Nacht mehr ruhig, weil sie das Husten der anderen Hustenburger so störte. Als sie selbst noch gehustet hatten, hatte sie das nicht gestört, aber sit sie nicht mehr husteten, lagen sie nachts wach, gestört vom ständigen Husten ihrer Mitbürger. Und selbst wenn sie das Husten der anderen nicht gestört hätte, wären sie noch von den Mückenstichen verrückt geworden. Das nächtliche Husten verjagte natürlich auch die Insekten, weshalb die nicht hustenden Hustenburger es nun mit doppelt und dreifach so viele Mücken und Fliegen zu tun bekamen.

Man berief eine Bürgerversammlung ein und beschloss, dass alle Hustenburger Bürger wieder husten sollten, ein für alle Mal. Weil es gerade Sommer war, bezahlte man den nicht hustenden Mitbürgern längere Reisen zum Südpol mit wenig Gepäck, damit sie sich garantiert zünftig erkälten würden. Und als der fahrende Händler zum dritten Mal nach Hustenburg kam, wurde er mit Schimpf und Schande davon gejagt.

Die blutrünstigen Abenteuer des Piraten Gabriel

ES WAR ZU DER ZEIT, als die Menschen gelernt hatten, mit Schiffen auf dem Wasser zu fahren, denn so lange die Menschen mit Schiffen auf dem Wasser fahren können, so lange gibt es Piraten. Der erste Schiffsbauer hatte kaum sein neues Boot voller Stolz auf das Wasser gesetzt, da kam schon von hinten ein zweites Schiff herbeigeeilt, das ihn zum Beidrehen zwang und ihn ausraubte. Und so war es geblieben: So lange es ein Schiff mit Schätzen gab, fand sich auch bald ein Schiff mit Piraten.

Die Piraten galten als üble Burschen, finster, gefährlich und brutal. Manche von ihnen hatten ihre Beine in wilden Schlachten verloren und trugen deshalb Holzbeine, anderen waren die Augen ausgestochen worden und über den klaffenden Augenhöhlen trugen sie Augenklappen. Die Piraten rasierten sich nicht und trugen Kleider mit Furcht erregenden Löchern, damit ihre Feinde möglichst sofort vor ihnen Angst hatten. Hatten sie sich einmal rasiert und gewaschen und es kam ihnen plötzlich unverhofft ein Schiff vor den Bug, das sie überfallen wollten, dann steckten sie schnell ihre Gesichter in ein Schlammfass, das es auf fast allen Piratenschiffen gab, damit sie wieder finster, gefährlich und brutal aussahen, bevor sie das Schiff überfielen.

So war es schon immer gewesen und alle hatten schon angenommen, so würde es immer sein, wenn nicht gerade dann, wenn alle annehmen, dass etwas immer so und so sein würde, etwas passiert und auf einmal genau dieses Immer vorbei ist. In unserem Fall heißt das Etwas Gabriel. Gabriels Vater war der nichtsnutzige Piratenkapitän Uri gewesen, der sein ganzes Leben lang auf den sieben Weltmeeren nach Briefmarken gejagt hatte. Er war riesengroß und kräftig, und wenn er ein Schiff überfallen hatte, legten die Matrosen stets furchterregt ihre Schätze zu seinen Füßen. Aber Uri interessierte sich nicht für Gold, Gewürze und Edelsteine. »Habt ihr keine Briefmarken?«, brüllte er mit seiner rauen, wilden Stimme und rasselte bedrohlich mit dem Säbel.

»Wie bitte? Was bitte?«, fragten dann meist die Überfallenen.

»Briefmarken!«, brüllte Uri dann nochmals, aber etwas verständlicher. »Ihr wisst schon, die kleinen gezackten Postwertzeichen.«

»Aha!«, sagte daraufhin die Mannschaft, stob in alle Richtungen auseinander und besorgte dem wilden Piratenkapitän Briefmarken. Die Matrosen rissen sie von den Briefen aus der Heimat herunter, der Kapitän löste sie von seinen Reiseunterlagen und der Steuermann nahm ein paar aus der Schublade für Briefe, die man später selber verschicken wollte. So kam meist ein ganz ansehnlicher Haufen zusammen.

»Briefmarken!«, freute sich Uri dann immer, steckte die Waffen in den Gürtel und sichtete sofort seine neuen Schätze.

»Und haben Sie sonst noch einen Wunsch, Herr grauenhafter Piratenkapitän?«, fragte schließlich einer der Matrosen.

»Wie bitte? Äh, nein danke«, sagte Uri dann, meist schon etwas geistesabwesend.

»Ein paar Edelsteine vielleicht oder ein paar Golddukaten?«

»Danke, nein, das geht schon«, murmelte Uri, vollkommen in die Betrachtung seiner Neuerwerbungen versunken.

»Könnten wir dann vielleicht unsere Reise fortsetzen, wenn Sie nichts dagegen haben?«

»Wie bitte? Ach so, ja natürlich«, murmelte Uri und verließ das überfallene Schiff.

Es ist kein Wunder, dass es seiner Familie nicht besonders gut ging, weil sich damals außer Uri kaum jemand für Briefmarken interessierte und man sich dafür nichts zu essen kaufen konnte, und selbst wenn es möglich gewesen wäre, hätte Uri niemals eine seiner Briefmarken hergegeben. Wenn Gabriels Mutter nicht noch etwas mit dem Nähen von blauen Seemannshosen und dem Schleifen von Säbeln verdient hätte, dann wäre der Hunger täglicher Gast in ihrer Familie gewesen.

Als seine Eltern gestorben waren, hinterließen sie ihm eine Briefmarkensammlung, ein paar Seemannshosen und ein Piratenschiff, das in einem sehr schlechten Zustand war, weil sich der alte Uri in den letzten Jahren nur noch um seine Briefmarken und überhaupt nicht mehr um sein Schiff gekümmert hatte. Gabriel aber hatte Hunger und außer dem Piratenberuf kannte er kein anderes Gewerk; und so lichtete er den Anker der *Mathilde* und fuhr los, die sieben Weltmeere als Pirat in Angst und Schrecken zu versetzen.

Es dauerte nicht lange, da sah er auch schon ein Schiff voraus, das reich beladen schien. Sofort hisste Gabriel die schwarze Piratenflagge, steckte sich die Säbel seines Vaters in den Gürtel und machte sich zum Angriff bereit. Viel mehr als auf Gold und Edelsteine hoffte er, eine große Mahlzeit aus der Kombüse zu erobern. Doch anstatt heftig auf das Handelsschiff zuzufahren, bemerkte Gabriel, dass das Schiff immer mehr Abstand zu seinem Piratenschiff bekam, obwohl er alle Segel gehisst und volle Fahrt aufgenommen hatte. Es lag wohl daran, dass einige der Segel sehr löchrig waren, das Focksegel hatte seine Mutter sogar heimlich ganz abgenommen und zu Hosen vernäht, damit sie überhaupt noch etwas zum Beißen hatten. Außerdem hätte man den Rumpf der *Mathilde* einmal ausbessern müssen, das Wasser brach sich an den vielen Rissen im Holz und verlangsamte die Fahrt noch mehr. So segelte ihm das Handelsschiff gemütlich davon, während die Balken der *Mathilde* schon ächzten, als wollten sie gleich auseinander brechen. Gabriel machte Bekanntschaft mit der alten Piratenweisheit, dass man, um ein Schiff zu überfallen, schneller sein muss als dieses Schiff. Er holte die Piratenflagge wieder ein und warf sich verzweifelt aufs Deck, um zu weinen.

Doch schon am nächsten Tag winkte ihm das Glück erneut zu. Am Horizont entdeckte er ein weiteres Handelsschiff, das ihm reich beladen schien. Davon abgesehen hatte Gabriel nichts

Nennenswertes an Bord, sogar die Schiffsratten hatten vor Wochen wutschnaubend die *Mathilde* verlassen, weil es dort absolut überhaupt nichts mehr gab, sodass jedes Schiff im Vergleich zu dem seinen reich beladen war. Diesmal wiederholte er nicht den Fehler, seine Piratenflagge zu hissen und eine Sturmfahrt auf das andere Boot zu versuchen. Stattdessen ließ er all die löchrigen Segel der *Mathilde* gerefft, duckte sich flach auf Deck und ließ sich treiben. Das Handelsschiff näherte sich ihm immer mehr. Als es nur noch ein paar Meter von der *Mathilde* entfernt war, riefen die Leute zu ihm herüber: »Hallo! Ist da jemand?« Gabriel blieb mucksmäuschenstill und wartete, bis das andere Schiff unter weiteren Hallo-Rufen direkt neben seinem lag. Dann sprang er plötzlich auf, warf seinen Enterhaken über die Reling des anderen Schiffes, zückte seinen Säbel und brüllte: »Überfall! Bringt alles, was ihr zu essen habt, herüber auf mein Schiff, wenn euch euer Leben lieb ist!«

Die Mannschaft des Handelsschiffes sah ihn verwundert an. Es handelte sich um eine volle malaysische Besatzung mit vielen kräftigen Matrosen, einem bulligen Schiffskoch, einem grimmigen Steuermann und einem alten Seebär als Kapitän. Sie blickten auf Gabriel, der noch sehr jung war und der den mittlerweile etwas rostigen Säbel seines Vaters nur mit ziemlicher Anstrengung halten konnte. Und obwohl sich Gabriel wirklich alle Mühe gab, war sein grimmiger Blick nicht besonders grimmig zu nennen. Nachdem es eine Weile still geblieben war, sprach der Kapitän: »Was willst du?«

»Alles, was ihr zu essen habt«, sagte Gabriel

jetzt zögernd. »Und Schätze, wenn welche da sind.«

»Ich mache dir einen anderen Vorschlag: Du darfst weiterfahren, ohne dass wir dir deinen Hut über die Ohren ziehen. Bist du damit einverstanden oder gibt es da unten im Lagerraum bei dir noch eine ganze Armee gefährlicher Piraten?«

Gabriel schüttelte betrübt den Kopf. In seinem Lagerraum gab es noch nicht einmal mehr eine Kakerlake, seit die letzte vor zwei Wochen elendig verhungert war.

»Dann mach's gut, Sportsfreund, und weiterhin viel Erfolg mit deinen Unternehmungen«, sagte der Kapitän aufmunternd. Mit vorsichtigem, aber dennoch festem Griff entfernte der Steuermann den Enterhaken aus der Reling und betrachtete prüfend, ob ein Schaden entstanden war. Dann fuhr das malaysische Schiff weiter und Gabriel blickte ihm noch lange hinterher, in der Linken den Enterhaken und in der Rechten den Säbel.

Gabriel hätte vielleicht geweint, wenn er noch Tränen gehabt hätte. So warf er sich nur auf die Planken und blieb dort liegen, während er in den blauen Himmel starrte und sich treiben ließ. So lag er noch, als sich ein anderes Schiff der *Mathilde* näherte und längsseits ging.

»Hallo?«, rief die Mannschaft zu Gabriel herüber. »Hallo?« Aber Gabriel fühlte sich schon zu schwach und mutlos um zu antworten. Da warfen die Matrosen des anderen Schiffes Taue herüber, und schließlich kam einer, ganz vorsichtig, mit gezogenem Säbel auf die *Mathilde* herüber.

»Hallo?«, rief er immer wieder. Dann entdeckte er Gabriel an Deck liegen. »Hallo!«, sagte der Matrose erfreut.

»Hallo«, hauchte Gabriel schwach.

»Was ist das hier für ein Schiff?«, wollte der Matrose wissen.

»Das Piratenschiff *Mathilde*«, sagte Gabriel.

»Und wo sind die Piraten?«, fragte der Matrose erschrocken.

»Ich bin der Pirat«, erklärte ihm Gabriel.

»Aha. Und was machst du hier?«

»Ich liege auf den Planken.«

»Das sehe ich«, sagte der Matrose. »Aber warum liegst du auf den Planken?«

»Was soll ich sonst machen?«, seufzte Gabriel. »Die *Mathilde* ist zu langsam, ich bin zu schwach, mein Säbel ist verrostet. Nenne mir einen guten Grund, nicht auf den Planken zu liegen.«

»Aber du kannst doch nicht einfach aufgeben«, meinte der Matrose. »Schließlich bist du ein Pirat und als solcher hast du doch eine Aufgabe. Du musst plündern, fluchen und brandschatzen.«

»Aber wie sollte ich das tun?«, fragte Gabriel schwach. »Ich habe seit Wochen nichts Richtiges gegessen.«

»Na dann komm erst mal zu uns an Bord, damit du wieder zu Kräften kommst«, sagte der Matrose, nahm Gabriel auf den Arm und trug ihn auf das andere Schiff herüber.

»Seht mal, was ich da drüben gefunden habe«, rief er dem Rest seiner Mannschaft zu. »Ein einziger, halb verhungerter Pirat. Sonst nichts auf dem ganzen Schiff.« Sie gaben Gabriel reichlich zu essen und zu trinken, sodass es ihm bald wieder besser ging.

»Das war sehr gut«, bedankte sich Gabriel. »Ich gehe dann wieder zurück auf die *Mathilde*. Ich wünsche noch eine gute Reise.«

»Na hör mal«, beschwerte sich der Matrose, der Gabriel gefunden hatte. »Du musst schließlich noch deine Arbeit machen.«

»Das hat doch keinen Wert«, winkte Gabriel ab. »Du allein bist hundertmal stärker als ich, dein Säbel ist besser als meiner und dann kommt noch der Rest der Mannschaft dazu. Das muss ich doch gar nicht erst probieren. Nochmals Dank und alles Gute.«

Doch der Matrose stellte sich ihm in den Weg. »Hör mal, Freundchen. Wir haben dir zu essen gegeben, damit du wieder arbeiten kannst. Jetzt geht es nicht zurück auf die Planken zum Schlafen. Zieh deinen Säbel!«

»Na gut«, sagte Gabriel schlapp. Er zog den verrosteten Piratensäbel aus seinem Gürtel. »Gebt ihr mir bitte etwas ab?«

»So doch nicht«, beschwerte sich der Matrose. »Ein bisschen mehr Pfeffer muss schon dahinter sein.«

»Das ist ein Überfall, ihr stinkenden Bisampelze«, versuchte es Gabriel etwas lauter. »Gebt mir was, sonst kriegt ihr was.«

»Schon besser«, lobte ihn der Matrose. »Aber es muss schon noch etwas grimmiger und lauter sein. Aber die Richtung stimmt.«

»Na gut«, brüllte Gabriel mit seiner schlimmsten Stimme. »Ihr dreckigen Süßwassermatrosen habt es nicht anders gewollt. Gebt mir all eure Schätze und was die Kombüse hergibt, wenn ihr nicht wollt, dass ich eure Bäuche bis zur Halskrause aufschlitze. Teufel und Kanonenrohr!«

Die Mannschaft jubelte. »Sehr gut«, sagte der Matrose begeistert. »Das war hervorragend!« Sie umarmten Gabriel, lobten seine Wortwahl und verabschiedeten sich mit aller Herzlichkeit von ihm. Zur Belohnung beluden sie die *Mathilde* mit Nahrung für Wochen und sogar einem ganz ansehnlichen Haufen Stoffe aus Hinterindien. Gabriel konnte sein Glück kaum fassen und winkte ihnen zum Abschied zu.

In den kommenden Wochen kam er wieder zu Kräften. Er schliff und polierte seinen Säbel und besserte die löchrigen Segel aus. Für die Stoffe aus Hinterindien bekam er in Genua ein kleines Sümmchen Geld, für das er sich ein neues Focksegel kaufte und einige Löcher in den Planken ausbessern ließ. Dann stach er wieder in See.

Als die *Königin von Saba*, ein stolzes Handelsschiff aus Portugal, kurze Zeit später das Mittelmeer kreuzte, sah man ein Schiff, das mit gerefften Segeln trieb. Vorsichtig näherte man sich dem unbekannten Schiff, auf dem man den Schriftzug *Mathilde* am Heck ausmachen konnte. An Bord der *Mathilde* war niemand zu sehen. Als die *Königin von Saba* längs gegangen war, sprang der mutigste der Matrosen mit gezogenem Säbel herüber auf das Deck der *Mathilde*. Dort fand er nichts als einen einzigen, recht wohl genährten Jungen, der nichtsdestotrotz bewegungslos auf den Planken lag.

»Hallo?«, sagte der Matrose.

»Hallo«, hauchte Gabriel schwach.

»Was ist das hier für ein Schiff?«

»Das ist das Piratenschiff *Mathilde*«, sagte Gabriel.

»Und wo sind die Piraten?«, fragte der Matrose erschrocken.

»Ich bin der Pirat«, erklärte ihm Gabriel.

»Und warum liegst du hier nur herum?«

»Ich bin zu schwach, mit meinem Säbel kann ich sowieso nichts ausrichten und mein Schiff ist auch ziemlich langsam«, klagte Gabriel.

»Dein Schiff sieht doch ziemlich tauglich aus«, wunderte sich der Matrose. »Na jedenfalls kommst du erst mal zu uns herüber, damit du wieder zu Kräften kommst. So etwas wie dich kann man ja noch nicht einmal bei gutem Willen einen Piraten nennen.«

So bereiste Gabriel die Weltmeere, hatte immer genug zu essen und genug zu trinken. Im Lauf der Zeit traf er nicht selten alte Freunde wieder, die sich dann freuten, dass er so kräftig und wohl genährt war, und ihn herzlich einluden, doch herüberzukommen, um sie mal wieder auszuplündern. Von allen Piraten der sieben Weltmeere war Gabriel mit Sicherheit der glücklichste.

Josef folgt dem Kompass

DER KLEINE JOSEF WAR EIN großer Freund des Weihnachtsmannes. Andere Kinder freuten sich vielleicht erst ab dem Monat November auf den Weihnachtsmann, ein Monat, im dem jedermann dringend einen Grund zur Freude braucht. War es dann Ende Dezember, vergaßen diese anderen Kinder den Weihnachtsmann vielleicht schon wieder zugunsten des Knallfroschs oder des Osterhasens, der Zahnfee und des Ferienkumpels. Nicht so Josef. Er war das ganze Jahr dem Weihnachtsmann treu.

Man muss an dieser Stelle leider darauf hinweisen, dass Josef ziemlich abscheuliche Eltern hatte. Nun sind bei genauer Betrachtungsweise die meisten Eltern unerfreuliche, laute Geschöpfe mit engstirnigen Weltanschauungen, aber Josefs Eltern übertrafen sogar noch das übliche Maß. Sie hatten jeder für sich allein genügend schlechte Laune, dass es für einen ganzen U-Bahn-Zug voll gereicht hätte, und sie meckerten den ganzen Tag herum.

Wenn sie gerade nicht mit Josef schimpften, stritten sie miteinander und notfalls schimpften und fluchten sie einfach vor sich hin. Die Worte, die Kinder nicht lernen sollten, waren daher auch die ersten, die Josef überhaupt konnte.

Warum seine Eltern so waren, war nicht mehr herauszufinden. Wahrscheinlich hatten sie einmal in ihrer eigenen Kindheit etwas Unrechtes gegessen oder etwas Schlimmes erlebt, jedenfalls wurde und wurde es nicht besser. Zum Glück für Josef gab es den Kindergarten und die Schule, sonst wäre es nicht zum Aushalten gewesen. Die schwierigste Zeit im Jahr war immer der Urlaub, denn dann schimpften und fluchten seine Eltern so viel herum, dass Josef danach erst mal einige Wochen Erholung und Schonung brauchte. Sie kauften ihm auch viele Anzieh- und Spielsachen, mit denen er sich in sein Zimmer zurückziehen konnte. Auch sie selbst waren immer sehr gut angezogen, vor allem, wenn sie morgens zur Arbeit gingen. Aber die Laune. Immerhin, sie schlugen ihn nicht und gaben ihm auch genug zu essen, sonst hätte er sich sicherlich längst darum bemüht, zu seiner Oma ziehen zu können, die zwar nicht wesentlich besser war, aber wohl durch das Alter etwas weniger Kraft hatte und vor allem nur allein war.

Nur einmal im Jahr war es anders. Tatsächlich waren seine Eltern bemüht, an Weihnachten freundlich und höflich zu sein. Es konnte vorkommen, dass seine Mutter Josef am Weihnachtsabend sogar in den Arm nahm und sein Vater ihm sagte, dass er sehr stolz auf ihn sei. Sie aßen Kartoffelsalat und Würstchen miteinander, sangen Weihnachtslieder und setzten sich danach mit den Geschenken gemütlich auf das große Sofa im Wohnzimmer. Und manchmal gab sein Vater seiner Mutter sogar einen Kuss. Leider hielt diese

Stimmung nur für ein paar Tage an, und spätestens an Silvester war wieder die übliche schlechte Laune mit den lauten Beschimpfungen und leisen Flüchen an der Tagesordnung.

Josef hatte überlegt, woran es liegen konnte. Sicherlich hatte es nichts mit den Geschenken zu tun, die seine Eltern bekamen. Sie waren beide enorm reich und konnten sich jederzeit alles selbst kaufen, was sie wollten. Sie hatten jeder mehr als hundert Euro auf der Bank, das wusste Josef, weil sie es ihm gesagt hatten. Es konnte auch nicht an der Jahreszeit liegen, denn der Winter war meist nicht besonders schön, da wo sie wohnten. Kurzum, Josef schlussfolgerte, dass es irgendetwas mit dem Weihnachtsmann zu tun haben musste. Vielleicht hatten seine Eltern ein bisschen Angst vor ihm, vielleicht durfte man in seiner Gegenwart nicht unfreundlich sein, was es auch war, der Weihnachtsmann hatte einen guten Einfluss auf seine Eltern und war darum Josefs Idol. Er träumte häufig von ihm und seinem guten Einfluss, und das zu jeder Jahreszeit. Kein Osterhase konnte Josef auch nur halb so viel interessieren. Zwar zogen manche der anderen Kinder aus seiner Klasse ihn damit auf, sie behaupteten sogar, es gäbe überhaupt keinen Weihnachtsmann. Aber das konnte nicht sein. Denn einmal im Jahr konnte Josef den deutlichen Beweis dafür sehen.

Eines Tages, als kurz vor ihrem Sommerurlaub die Stimmung in seinem Haus mal wieder besonders ekelhaft war, die Aufzählung von Details ist an dieser Stelle wenig lohnenswert und sei dem Leser erspart – es ging selten um irgendetwas Wichtiges, meist nur um vergessene Saftgläser und falsch geklappte Toilettenbrillen –, entschloss sich Josef zur Flucht nach vorn. Er besaß schon seit Längerem einen Kompass, den er sich vor zwei Jahren zum Geburtstag schenken ließ und den er immer dann aus seiner schwarzen Schatulle geholt hatte, wenn es ihm besonders schlecht ging. Sehnsuchtsvoll hatte er dann der roten Spitze der Nadel zugesehen, wie sie sich aus jeder Lage pflichtgemäß nach Norden drehte. Denn oben im Norden, so hieß es, dort wohnte der Weihnachtsmann.

Also nahm Josef den Kompass aus der Schatulle, setzte sich seinen Rucksack auf den Rücken und ging los. Viel hatte er nicht gerade in diesen Rucksack gepackt, denn der Weg zum Weihnachtsmann hatte den Vorteil, nicht eben kompliziert zu sein. Josef musste einfach nur immer geradeaus nach Norden gehen, und nach diesem Weg musste er niemanden fragen, denn den zeigte ihm der treue Kompass. Als er das Haus verließ, musste er die Tür nicht gerade sehr leise schließen, da sich seine Eltern besonders laut stritten und daher das Klappen einer Tür nicht hörten, sie hätten nicht einmal das Klappen einer Zugbrücke von einer Burg gehört. Josef legte den Kompass auf seine flache Hand, sah zu, wie sich die Nadel ausrichtete und folgte ihr dann nach Norden.

Es klappte, wie es sonst nur in Geschichten klappt. Nach kurzer Zeit war Josef am Nordpol angekommen und stand nun verlegen vor einer Haustür. Aber sehr lange stand er nicht so dort, denn wenn man eine so lange Reise hinter sich gebracht hat, dann ist Verlegenheit doch verhältnismäßig fehl am Platz. Josef klopfte an. »Herein«, tönte es aus dem Inneren. Josef öffnete die Tür und trat vorsichtig in einen kleinen dunklen Raum hinein. Am hinteren Ende des Raumes saß links ein alter Mann an einem Tisch hinter einer Tasse. Rechterhand stand ein altertümlicher Herd, in dem ein Feuer brannte, und kurz daneben ein Bett. Gleich neben der Tür war eine Garderobe an die Wand genagelt, an der ein alter Filzmantel und ein langer Plastiksack hingen. Der Raum war sehr dunkel, weil das Licht nur durch zwei kleine viereckige Fenster hineinleuchten konnte. Überhaupt schien das ganze Haus aus diesem einen Raum zu bestehen, denn von der Haustür aus konnte man keine weiteren Türen sehen, woraus man schlussfolgern konnte, dass es nur diese eine Tür gab. Und Josef hatte sich bestimmt in dieser Tür geirrt.

»Entschuldigen Sie bitte«, sagte er.

»Ja, was gibt es denn?«, fragte der Mann am Tisch.

»Ich wollte eigentlich...« Josef kam sich jetzt ein wenig dumm vor. Die anderen Kinder in seiner Klasse hatten vielleicht doch Recht gehabt und es gab überhaupt keinen Weihnachtsmann. Dann würde er sich jetzt vollkommen lächerlich machen. Aber jetzt war es dafür ohnehin zu spät. »Ich suche eigentlich den Weihnachtsmann«, brachte Josef schließlich heraus.

»Ja, und?«, grummelte der alte Mann.

»Wissen Sie, wo der ist?«, erkundigte sich Josef.

»Niemand weiß so gut wie ich, wo der Weihnachtsmann ist«, sagte der alte Mann. »Niemand kann es besser wissen als ich, das ist logisch.«

»Heißt das, dass Sie der Weihnachtsmann sind?«, fragte Josef hoffnungsvoll.

»Das wäre die nahe liegendste Schlussfolgerung, logisch gesehen«, sagte der alte Mann.

»Weil ich mich nur gewundert hatte«, sagte Josef, »dass Sie hier in so einem kleinen Haus wohnen. Nur ein Zimmer, dunkel und ziemlich kalt ist es auch.«

»Na ja, was soll man erwarten? Ich bin nur Saisonarbeiter, die meiste Zeit im Jahr arbeitslos. Du kannst mir glauben, ich würde auch lieber in einem größeren Haus wohnen, wo ich ab und zu zur Abkühlung in den Pool springen müsste. Aber bei meinem Einkommen ist das alles, was ich mir leisten kann. Ich habe früher weiter im Süden gewohnt, aber mit den Jahren ging es immer ein paar Kilometer weiter nordwärts. Aber wenigstens das kann mir nicht mehr passieren«, kicherte der Mann jetzt kehlig. »Egal, wo ich hinziehe, von hier aus geht's nur noch in den Süden.«

Josef sah ihn verwundert an. »Du bist ja immer noch hier«, sagte der Mann. »Hier kommt selten jemand her, und wenn, dann geht er sofort wieder weg. Liegt vielleicht an meiner Art.«

»Ich bin einiges gewöhnt«, sagte Josef. »Wegen so einem bisschen gehe ich noch lange nicht weg.«

»Ah ja, das ist gut, möglicherweise.«

»Und zwar«, kam Josef langsam auf den Punkt, »wollte ich Sie fragen, ob Sie bei mir zu Hause wohnen wollen?«

Jetzt schaute der alte Mann, den Josef für den Weihnachtsmann hielt, verwundert. »Wie bitte? Wie kommst du denn darauf?«

»Immer, wenn sie in der Nähe sind, ist es bei uns zu Hause so friedlich. Ich glaube, Sie haben einen guten Einfluss auf meine Eltern.« Josef schaute sich in der kleinen Hütte um. »Bei mir ist es größer, wärmer und heller als hier. Obwohl wir keinen Pool haben. Leider.«

Der Mann schaute sich in seiner Hütte um. Was sollte er schon groß sagen? Sollte er herumtönen, dass er unmöglich all das im Stich lassen konnte? Noch nicht einmal die Post kam hierher. Zwar schien ihm der Junge reichlich wunderlich zu sein, aber er war ein alter Mann, der in einer kleinen Hütte am Nordpol wohnte. Welches Recht hatte er schon, andere Leute als wunderlich zu bezeichnen? Notfalls könnte er immer wieder hierher kommen, der Vermieter würde sicherlich keinen anderen Interessenten finden. Zu Josefs Freude nahm er ohne ein weiteres Wort seinen Rucksack, packte seine Siebensachen hinein, schloss die Tür ab und folgte dem Jungen.

Der Weg zurück war genauso einfach, die beiden mussten nur rückwärts geradeaus gehen. Als sie bei Josefs Haus ankamen, hörten sie schon von Weitem ein lautes Geschrei. Josef öffnete die Tür und als sie hereinkamen, standen seine Eltern an genau der gleichen Stelle, wo sie gestanden hatten, als er zum Nordpol losgegangen war. »Das sind meine Eltern«, sagte Josef zu dem Mann.

»Verstehe«, sagte der Mann. Dann standen sie beide und sahen den Eltern beim Streiten zu. Nach einer Weile erblickte Josefs Mutter die beiden und verstummte auf der Stelle. Kurz darauf, keine fünf Minuten später, hörte auch der Vater auf zu schimpfen. Nun sahen sich alle an. Josef fand, dass seine Eltern schlecht aussahen, irgendwie abgemagert. »Habt ihr euch die ganze Zeit gestritten?«, fragte er.

»Was meinst du?«, fragte seine Mutter zurück.

»Ich war ein paar Tage am Nordpol, habe den Weihnachtsmann besucht und ihn gefragt, ob er bei uns wohnen möchte. Und ihr habt euch die ganze Zeit gestritten?«

»Wie, du warst ein paar Tage am Nordpol? Du hast keinem von uns Bescheid gesagt.«

»Das ging nicht, ihr habt euch so laut gestritten.«

»Mama und Papa streiten nicht, sie unterhalten sich nur manchmal laut.«

»Ach bitte«, unterbrach sie Josef verärgert. »Das konntet ihr mir vielleicht noch im Kindergarten erzählen.« Seine Mutter warf einen Blick auf den komischen alten Mann und sagte lieber gar nichts.

»Und ihr habt euch die ganze Zeit gestritten!«, schimpfte Josef. »Wenn ich nicht zu Hause bin, vergesst ihr sogar zu essen? Wie soll das mal werden, wenn ich hier ausziehe? Wollt ihr dann verhungern?«

»Nun beruhige dich erst mal«, sagte sein Vater etwas verlegen. »Wer ist dieser Mann?«

»Das ist der Weihnachtsmann und er wird ab heute hier wohnen«, sagte Josef energisch. Der alte Mann zuckte nur etwas entschuldigend mit den Schultern. Damit war das Gespräch beendet, Josef drehte sich um, nahm den Mann an der Hand und zeigte ihm sein Zimmer. Ebenso wie das Gespräch endet auch diese Geschichte hier, sodass wir nicht genau wissen können, ob alles so geklappt hat, wie Josef sich das vorgestellt hatte. Wir gehen aber davon aus.

Dreißig Minuten

LINUS HATTE IN DEN ERSTEN fünf Jahren seines Lebens gelernt, dass man über viele Dinge auf dieser Welt verschiedener Ansicht sein konnte. Vor allem Erwachsene vertraten gern die etwas andere Meinung, die letztendlich meistens darauf hinauslief, dass man weniger Spaß hatte, dafür aber früher ins Bett gehen musste. Doch auch wenn man darüber diskutieren konnte, ob man zum Abendbrot lieber Nusscreme oder Teewurst auf die Stulle schmierte oder ob Superman stärker war als Spiderman, eines stand für Linus fest: Er fand das, was seine Mutter ihm als seinen Vater vorgesetzt hatte, vollkommen unerträglich.

Seine Mutter war eine passable Frau mit einer angenehmen Stimme und einem schönen Geruch. Wenn sie gut gelaunt war, strahlte sie wunderbar warm und wenn sich Linus dann ganz nah an sie herankuschelte, bekam er auch etwas davon ab. Wenn Linus mal etwas wehtat oder er schlecht gelaunt war, fand seine Mutter eigentlich immer irgendeine Lösung. Sie klebte ein paar Pflaster irgendwohin oder sie schmierte eine neue Stulle oder sie holte im höchsten Notfall auch mal den Trostlutscher aus dem rechten oberen Fach des Küchenschrankes.

Linus' so genannter Vater war im Vergleich dazu vollkommen nutzlos. Er hatte keinerlei Ideen, wie man Kinder beruhigen konnte, jedenfalls nicht das Kind Linus. Wegen jeder Kleinigkeit begann er zu brüllen, als ob man davon aufhören könnte zu weinen. Wo der Trostlutscher lag, schien er nicht zu wissen, überhaupt hätte man mit dem, was er nicht wusste, ganze Bände füllen können. Seine Antworten waren häufig: »Weil das so ist« oder »Frag nicht!« oder ähnlich hilfloser Kram. Obwohl er sich jeden Tag rasierte, hatte er eine viel kratzigere Haut als Linus' Mutter, die sich nie rasierte, und er roch auch nie gut, sondern beißend. Dieser Typ war das Letzte und Linus sprach seine Mutter bei jeder Gelegenheit darauf an. Wenn es um dieses Thema ging, war sie übrigens auch nicht sehr kreativ. Obwohl sie Linus erklären konnte, warum die Innenschraube der Klinke abgebrochen war (Materialermüdung) oder warum kleinere Autos schneller fahren konnten als große LKWs (Luftwiderstand), fiel ihr zum Thema »Vater« nie viel ein. »Aber er ist doch dein Vater«, antwortete sie Linus, obwohl das eben keine Antwort, sondern Linus' Frage gewesen war.

Es war ein verregneter Tag im Mai, kurz bevor Linus sechs Jahre alt wurde, als seine Mutter endlich Vernunft annahm. Die Wolken hingen tief am Himmel und es regnete so stark, dass man auf den Fensterscheiben keine einzelnen Tropfen mehr sehen konnte, sondern nur noch einen kleinen Wasserfall, der die Scheibe hinunterfloss. Linus hatte sich gerade wieder mit seinem Vater darüber gestritten, wie man sich bei Mahlzeiten zu verhalten habe. Als dem Vater die Argumente ausgegangen waren, hatte er Linus mal wieder in sein Zimmer geschickt. Dort hatte er ein paar Stunden gesessen und wütend aus dem Fenster gestarrt, als seine Mutter zu ihm gekommen war. Linus hatte sich nur kurz zu ihr umgedreht, war aber am Fenster sitzen geblieben. Sie hatte sich hinter ihn gestellt und umarmt. Dann schauten sie zusammen aus dem Fenster. Und nach einer kleinen Weile, ohne dass Linus etwas gefragt oder gesagt hatte, sagte seine Mutter das erste Mal im Leben etwas Vernünftiges zum Thema »Vater«: »Wenn du willst, fliegt er raus.«

Die Zeit, in der Linus seiner Mutter beim Pakken half, verging nicht schnell genug. Linus brachte alle Koffer, Taschen und Rucksäcke, die er finden konnte, und seine Mutter packte dort die Unterhosen, Pullover, Hemden und Hosen seines Vaters hinein. Als sie fast fertig war, ging sie noch ins Bad und packte den Rasierapparat und das beißende Rasierwasser in die letzte Tasche. Dann stellten sie die Taschen vor die Wohnungstür und zum Schluss stellten sie Linus' Vater hinzu, der sich aber vorher Straßenschuhe und eine Jacke anziehen musste. Der schaute die ganze Zeit über vollkommen perplex daher und konnte wohl nicht begreifen, was ihm da geschah.

»Du hast wirklich Recht gehabt, es ist viel besser ohne ihn«, sagte die Mutter zu Linus, als sie zusammen auf dem Sofa saßen, die Füße auf dem Wohnzimmertisch und eine große Schale gemischter Nüsse zwischen ihnen, genau so, wie es der alte Vater nie erlaubt hatte. Linus freute sich, dass seine Mutter so dachte, obwohl er sich ein bisschen wunderte, wie schnell das alles gegangen war. Schließlich hatten sie die Tür doch erst vor fünf Minuten hinter seinem Vater geschlossen und der stand wahrscheinlich immer noch verdattert im Hausflur. Linus dachte kurz darüber nach, wie sich sein Vater jetzt mit den vielen Taschen durch den Regen kämpfen sollte. Aber er merkte, dass ihn das nicht interessierte. Schon nach ein paar Sekunden war ihm diese Überlegung zu langweilig geworden und er konzentrierte sich lieber darauf, die letzte Cashewnuss aus der Schüssel zu angeln. Das alles war jetzt sehr lange her.

Nach einer wirklichen Weile jedoch beschlich Linus das Gefühl, dass ohne seinen Vater etwas fehlte. Es gab zum Beispiel oben im Flurschrank ein Fach, in das einmal im Jahr die selbstgekochten Marmeladen von Oma hineingestellt wurden. Wenn die Marmelade alle geworden war, hatte sich sein Vater immer das kleine Höckerchen aus dem Bad vor den Schrank gestellt und aus dem Fach ein Marmeladenglas geholt. Seine Mutter kam aber weder mit dem Höckerchen noch mit einem richtigen Stuhl an das hohe Fach heran. Sie musste die Leiter aus dem Keller holen, um ein Marmeladenglas aus dem Schrank zu nehmen. Das war ziemlich aufwendig, und nach einer Weile blieben die Gläser oben im Schrank und sammelten Staub. Die gekaufte Marmelade schmeckte Linus aber nicht halb so gut. Außerdem schlich seine Mutter seit einiger Zeit mit einem etwas bedrückten Gesichtsausdruck durch die Wohnung. Wenn Linus früher abends immer zu früh ins Bett musste, so durfte er jetzt länger aufbleiben, als er das wollte. »Du wirst doch nicht schon müde sein?«, fragte ihn seine Mutter immer, wenn er irgendwann spätabends laut gähnte. Dann goss sie ihm noch ein Glas Cola ein und fragte, was er denn als Nächstes im Fernsehen gucken wolle. Linus hatte das Gefühl, das ihr vielleicht etwas fehlte.

Weil er wegen der Cola in letzter Zeit sowieso schlecht einschlafen konnte, grübelte Linus in seinem Bett darüber nach, wie man das Problem lösen konnte. Er grübelte und grübelte, aber es wollte ihm nichts einfallen. Schließlich beschloss er, das zu tun, was ihm in Krisensituationen immer geholfen hatte. Er rief eines Abends die Pizza-Nummer an. »Pizza-King, guten Abend«, sagte die Stimme am anderen Ende. »Hallo, hier ist Linus.« »Wie ist deine Telefonnummer?« Linus sagte sie. »Was kann ich für dich tun?« Diese Leute waren erstaunlich gut. »Ich glaube meiner Mutter fehlt ein Mann und ich brauche jemand, der die Marmeladengläser oben aus dem Flurschrank holt«, erklärte Linus. »Und willst du auch etwas zu essen?« »Ja, eine kleine Salami und eine Gorgonzola.« »Dreißig Minuten.« Dann legte sie auf.

Als es nach einer halben Stunde an der Wohnungstür klingelte, rannte Linus aufgeregt los und öffnete. Vor der Tür stand ein großer Mann mit langen Rastalocken, einem blauen T-Shirt und schwarzen Radfahrerhosen. In der Hand hielt er zwei große Pappschachteln mit Pizza. »Hattest du angerufen?«, fragte er mit einer freundlichen Stimme. Linus' Mutter stand mittlerweile auch auf dem Flur und schaute den Pizzamann erstaunt an. Aber es war die gute Art von Erstaunen, nicht die, mit der sie manchmal Linus' chemische Experimente betrachtete. »Was ist los?«, fragte sie. »Ach, das erkläre ich dir später«, sagte Linus, nahm den Pizzamann an der Hand und zog ihn hinter sich her an den großen Küchentisch. Dann aßen sie gemeinsam Pizza und Linus' Mutter machte später noch eine Flasche Wein auf. Cola gab es an diesem Abend keine für Linus, er wurde irgendwann von seiner Mutter ins Bett geschickt. Nicht gerade zu früh, aber auch nicht so spät wie sonst, vielleicht sogar rechtzeitig, wenn es so etwas gab. Dafür bekam er immerhin am nächsten Morgen ein großes Glas von Omas Erdbeermarmelade aus dem Flurschrank mit dicken Fruchtstücken drin. Der Pizzamann brauchte dafür noch nicht einmal ein Höckerchen.

Linus und seine Mutter hatten ihr Glück gefunden. Jeden Abend kam der Pizzamann von der Arbeit nach Hause und jeden Abend stellte er dampfendes Essen frisch auf den Tisch. Und sie mussten niemals mehr abwaschen, denn das Geschirr konnte man gleich nach dem Essen einfach wegwerfen. Seine Mutter schien auch recht froh zu sein; wenn sie dachte, dass Linus einmal nicht so genau aufpasste, küsste sie sich mit dem Pizzamann und kicherte albern. Er konnte Linus eine Menge Sachen zeigen, die sich seine Mutter nicht getraut hätte, und das Beste war: Er roch sogar gut.

Sonjas geheimer Plan

SONJA FRAGTE SICH SCHON seit Langem, warum sie jeden Morgen in den Kindergarten gehen musste, wo es ihr nicht halb so gut gefiel wie zu Hause. Im Kindergarten hatte sie viel weniger Spielzeug und musste das auch noch mit vielen anderen Kindern teilen. Zwar waren Richard, Charlotte und Nina sehr nett, aber für die musste sie nicht in den Kindergarten gehen. Richard, Charlotte und Nina besuchten sie auch zu Hause, und wenn Sonja nur mehr dort hätte sein können, hätten die drei sie auch noch öfter besuchen können. Stattdessen mussten sie sich immer im Kindergarten treffen, wo unglücklicherweise auch noch Tammo, Franz und Emma waren, drei schubsende und kratzende Kinder, die einem schon mal einen ganzen Nachmittag verderben konnten. Ganz zu schweigen von Renate und Heike, zwei Frauen, die offensichtlich im Kindergarten zu Hause waren und Sonja und ihren Freunden alles verboten, was richtig viel Spaß machte.

Sonja hatte ihre Eltern schon sehr oft gefragt, was denn dagegen spräche, dass sie die Tage zu Hause verbrächten. Am Wochenende würden sie es ja auch so machen und das wäre doch meistens sehr schön. Ihre Eltern lächelten Sonja dann immer so komisch an und sagten: »Aber das geht leider nicht, wir müssen doch immer zur Arbeit gehen.« Nun war es nicht so, dass Sonja keine Arbeit kannte. Es gab Arbeit in der Küche, Arbeit im Bad, Arbeit beim Bettenmachen und beim Aufräumen, und Sonja konnte bei vielen Arbeiten schon sehr gut helfen. Trotzdem blieb es immer zu viel, denn egal wie viel man machte, es war immer noch Arbeit da. Warum ihre Eltern die Wohnung verließen, um Arbeit zu suchen, war Sonja daher überhaupt nicht klar.

Aber so oft sie auch fragte, nichts änderte sich an der Lage. Kaum war das Wochenende vorbei, weckten die Eltern sie viel zu früh, frühstückten gemeinsam mit ihr, machten sich noch ein paar Stullen und brachten sie dann in den Kindergarten, wo sie Sonja dann erst am Nachmittag wieder abholten. So konnte das nicht weitergehen.

Und eines Morgens kam alles anders. Die Mutter brachte Sonja wie immer in den Kindergarten, half ihr dort, die Jacke auszuziehen, verabschiedete sich von ihr und ging los. Sonja hatte an diesem Morgen besonders gebummelt, sodass ihre Mutter es besonders eilig hatte und sich nicht einmal mehr nach ihr umdrehte. Sie hatte sogar vergessen, Sonja die Hausschuhe auszuziehen, wie es manchmal passierte, wenn sie es eilig hatte. Aber das alles war kein Zufall, sondern Sonjas geheimer Plan gewesen, den sie sich am Abend zuvor ausgedacht hatte. Der nächste Schritt in Sonjas Plan bestand darin, dass sie sich ihre Jakke vom Haken nahm und wieder anzog. Und so hatte sich die Kindergartentür kaum hinter Sonjas Mutter geschlossen, als sie wieder von Sonja aufgedrückt wurde. Jemand aus dem Haus gegenüber vom Kindergarten hätte jetzt durch sein Fenster eine Frau beobachten können, die zur Straßenbahnhaltestelle eilte und der in einigem Abstand ein kleines Mädchen folgte.

Auf dem Weg zur Haltestelle versteckte sich Sonja hinter Bäumen und Autos, sie ging nah an den Häuserwänden, um sich notfalls schnell in einem Hauseingang verstecken zu können. Aber das war nicht nötig. Denn Sonjas Mutter drehte sich nicht um, sondern schritt so schnell es ging, dass man es noch nicht rennen nennen musste, schnurstracks zur Straßenbahnhaltestelle. Dort holte sie die Zeitung aus ihrer Tasche und blätterte darin, wobei sie immer wieder unruhig aufsah, ob endlich die Straßenbahn kam. Sonja stand während der Zeit hinter der großen Werbetafel an der Haltestelle und schaute sich die nackte Frau an, die Margarine aß. Als die Straßenbahn kam, stieg Sonja zwar im gleichen Wagen wie ihre Mutter, aber weiter hinten ein. Sonja gab Acht, ja nicht die fliedergrüne Mütze der Mutter aus den Augen zu verlieren. Draußen am Fenster fuhren vollkommen unbekannte Gebiete der Stadt vorbei, in der Sonja wohnte.

Die Straßenbahn hielt an und fuhr wieder los. Menschen stiegen aus, damit andere Menschen wieder einsteigen konnten. Erst viele Straßenbahnstationen später faltete Sonjas Mutter die Zeitung, steckte sie in die Tasche und stand von ihrem Sitz auf. Sie stellte sich an die Tür. Als die Bahn anhielt, stieg Sonja vorsichtig wieder ein paar Türen hinter ihrer Mutter aus. Diese ging einmal um die Ecke, dann eine große Treppe hoch und drückte eine schwere Tür an einer langen Messingstange auf. Sonja ging schnell hinterher.

Hinter der großen Tür stand eine Art Aquarium, in dem ein Mann saß, der einem Fisch nicht unähnlich sah. Er glotzte Sonja durch seine Glasscheibe an und brüllte durch eine kleine Luke: »Wohin?« »Ich will zu meiner Mutter«, sagte Sonja. »Die arbeitet hier.« »Dann aber schnell!«, sagte der Fischmann und drückte in seinem Aquarium auf einen Knopf. Eine andere Tür summte und Sonja rannte schnell durch, bevor er es sich anders überlegte.

Hinter dieser Tür war eine riesige Halle. In der Mitte der Halle stand eine kreisrunde, ungemütliche Sofabank und hoch über der Bank schwebte ein kreisrunder, riesiger Kronleuchter an der Decke. Sonst war die Halle leer. Aber man konnte viele Etagen von Gängen sehen, durch die Menschen von einem Zimmer zum anderen liefen. Das hier also war es, wo Sonjas Mutter arbeitete. Sonja stand in der Halle und glotzte nach oben. Nach dem Summen der Tür war ihr geheimer Plan zu Ende gewesen. Sie hätte sich jetzt sehr gewünscht, dass in dem Plan vorgekommen wäre, was sie machen wollte, nachdem sie hier hereingekommen war. Aber so sehr sie auch überlegte, es fiel ihr beim besten Willen nicht ein. Sonja fühlte sich plötzlich ziemlich hilflos und allein. Am besten wäre es wohl, ihre Mutter zu suchen und ihr alles zu erzählen.

Sonja fand eine Treppe, die sie einen Stock nach oben ging. Nach links gab es unendlich viele Türen und nach rechts auch. Sonja ging an den Türen vorbei und fragte sich, wie sie hier ihre Mutter finden sollte. Da sprang plötzlich eine der Türen auf und eine Frau, die herauskam, wäre beinahe gegen Sonja geprallt.

»Was suchst du denn hier?«, fragte die Frau entsetzt.

»Meine Mutter«, antwortete Sonja, die sich freute, dass ihr die Frau gleich die richtige Frage gestellt hatte.

»Und wer ist deine Mutter?«

»Meine Mutter heißt die Mutter von Sonja«, sagte Sonja.

»Und wie ist ihr richtiger Name?«, fragte die Frau freundlich. Sonja sah sie unverständlich an. »Na, wie nennt dein Papa deine Mutter?«

»Ach so«, Sonja lächelte erleichtert. »Mama.«

»Wie bitte?«

»Ja«, bestätigte Sonja. »Papa sagt immer: ›Mama, kannst du Sonja mal bitte den Mund abwischen?‹«

»Ich glaube, das bringt mich nicht weiter«, sagte die Frau. »Komm mal mit.«

Und dann ging Sonja der Frau hinterher, durch endlose Flure mit unendlich vielen Türen, an denen die Frau klopfte und ihren Kopf hereinsteckte, während Sonja draußen wartete. Sie gingen die Treppen hoch, klopften an Türen und gingen die Treppen wieder herunter. Nach einer Ewigkeit klopfte die nette Frau an die letzte Tür.

»Herein«, sagte eine Sonja sehr vertraute Stimme. Die Frau machte vorsichtig auf, aber Sonja war schon an ihr vorbeigestürmt und umarmte überglücklich ihre Mutter.

»Was ist denn hier los?«, wunderte sich die.

»Ich hätte Sonja beinahe umgerannt«, sagte die nette Frau. »Und dann habe ich versucht, Sie zu finden.«

»Vielen Dank«, sagte Sonjas Mutter.

»Keine Ursache«, sagte die Frau. »Nennt Ihr Mann sie wirklich ›Mama‹?« Sonjas Mutter guckte kurz verdutzt und nickte dann errötend.

»Kann schon sein.«

»Das würde ich mir verbitten«, sagte die nette Frau, hob die Hand zu einem beiläufigen Abschiedsgruß und schloss die Tür hinter sich.

»Sie hat sicher Recht«, sagte Sonjas Mutter nachdenklich, während sie Sonja, die auf ihrem Schoß saß, die Haare streichelte. »Schließlich bin ich nicht seine Mama.« Plötzlich schaute sie ihre Tochter an: »Und warum bist du hier?«

»Ich wollte sehen, was du auf deiner Arbeit machst, dass ich immer in den Kindergarten muss.«

»Dann setz dich mal da auf den Stuhl, dann kannst du mir zusehen.«

Sie setzte Sonja auf einen Stuhl, der neben der Tür stand. Sonjas Mutter verließ dann das Büro, kam nach einer Zeit mit einer Tasse Kaffee zurück, die sie auf dem Tisch abstellte. Dann holte sie ihre Stullen aus der Tasche, legte sie auf den Schreibtisch, wickelte sorgsam das Papier aus und aß gründlich kauend die Stulle, während sie dazu in kleinen Schlucken Kaffee trank. Sonja schaute sich das Ganze eine Weile lang an.

»Und was machst du wirklich?«, fragte sie.

»Wie meinst du das?«

»Im Kindergarten essen wir unsere Stullen schnell in der Frühstückspause.«

»Ja, ihr seid noch Kinder. Ihr könnt ja dann auch wieder spielen. Wir Erwachsenen können nur noch die Stullen essen.«

»Den ganzen Tag?«

»Nein, in ein paar Stunden ist Mittagessen, danach Kaffeetrinken und dann ist bald Feierabend.«

Sonja guckte ungläubig.

»Komm«, sagte ihre Mutter. »Wir gehen einfach ein bisschen herum.«

Sie nahm Sonja und gemeinsam gingen sie durch die vielen Büros. In den unteren Etagen saßen Männer mit blauen Latzhosen, die aßen dicke Schwarzbrotscheiben und dazu Wurst aus der Hand. Etwas weiter oben saßen dicke Frauen in Kitteln, die aßen Fleischsalat und Brötchen. In den höheren Etagen saßen Frauen in feinen Rökken, die aßen nur einen Joghurt oder eine kleine Portion Müsli. Fast oben saßen Männer in Anzügen, die aßen französisches Weißbrot mit spanischer Wurst und italienischem Kaffee.

Zum Schluss waren Sonja und ihre Mutter ganz oben in dem großen Haus angekommen. Hier gab es nur eine einzige Tür. »Wenn du versprichst, ganz leise zu sein, dann zeige ich dir meinen Chef«, sagte Sonjas Mutter. Sonja nickte andächtig. Vorsichtig, ganz ohne zu klopfen, öffnete die Mutter die große Tür. Dahinter saß ein sehr dikker Mann. Vor ihm war eine riesige Tafel, auf der mehr Essen stand, als Sonja es jemals gesehen hatte. Da lagen gebratene Hühner und Gemüseauflauf, große Schüsseln mit Bratkartoffeln und Teller mit gebratenem Speck, Eierkuchen, Waffeln und Sahnetorten.

»Siehst du?«, fragte Sonjas Mutter mit ehrfürchtiger Stimme. »Und das ist erst sein Frühstück.« Wieder nickte Sonja. »Er ist wirklich der Tüchtigste von uns.«

Da sah der Chef plötzlich Sonja und ihre Mutter. »Oh hallo! Gibt es irgendetwas Frau ... Äh? Gibt's was?«, fragte er mit vollem Mund.

»Nein, nein«, beeilte sich Sonjas Mutter zu sagen. »Alles klar. Ich zeige nur meiner Tochter die Arbeit.«

»Ach so«, nickte der Chef und blinzelte Sonja kurz zu. »Dann ist ja gut. Weitermachen.«

Sie schlossen die große Tür hinter sich und gingen wieder hinunter in das Büro der Mutter. Dort ließ sich Sonja bereitwillig anziehen und zum zweiten Mal von ihrer Mutter in den Kindergarten bringen. In der Straßenbahn machte Sonja wieder einen geheimen Plan. Sie beschloss, so lange wie möglich ein Kind zu bleiben.

Wähl 111

IRGENDWANN, ALS ER NOCH sehr klein war, hatte Janik einmal sehr gern gesprochen. Er konnte noch nicht sitzen, da hatte er schon den ganzen Tag unverständliche Silben vor sich hingebrabbelt. Er konnte noch nicht stehen, da hatte er schon die ersten verständlichen Worte gesagt. Und noch bevor er die ersten Schritte vom Küchentisch zum Topfschrank gelaufen war, hatte er schon kleine Sätze sprechen können. Leider schien seinen Eltern diese Eigenschaft von Janik nicht zu gefallen. Sie waren eigentlich ziemlich nett, so weit man das über Eltern sagen konnte, sie gaben ihm genug zu essen, suchten ihm schöne Pullover mit Superhelden aus und gingen mit ihm häufig auf den Spielplatz. Aber mit seinem Sprechen waren sie nie zufrieden. In einem fort korrigierten, verbesserten und gängelten sie ihn. »Das heißt nicht Kukeuje, das heißt *Flugzeuge*«, sagten sie beispielsweise in strengem Tonfall zu ihm, betonten jeden einzelnen Buchstaben des Wortes *Flugzeuge* und blickten bedeutungsvoll. So ging das den ganzen Tag, vom Aufstehen bis zum Zubettgehen. »Das heißt nicht Kartonmischer, das heißt *Be*tonmischer«, betonten sie. Am liebsten wiederholten sie ihre Version des Wortes noch unzählige Male.

Anfangs versuchte Janik noch dagegenzuhalten, indem er seine Fassung auch mehrfach wiederholte. Aber seine Eltern ließen nicht ab. Sie wurden nicht müde, immer wieder ihr Wort zu sagen, selbst wenn Janik es ein paar Tage später noch einmal unauffällig probierte. Er fragte sich, woher seine Eltern die Worte eigentlich so genau kennen wollten. Wenn er ihnen zuhörte, kam es Janik nicht gerade so vor, als ob sie besonders gut oder deutlich sprachen. Aber wenn er sie manchmal auch dazu überreden konnte, doch ein Eis zu bekommen oder noch eine Runde Karussell fahren zu dürfen, wegen der Worte machten sie nie Kompromisse. Sie konnten richtig wütend werden, wenn Janik seine Version zu oft oder zu hartnäckig betonte.

Eines Tages gab er auf. Dieser Tag war ein langer, schöner Sommersonntag. Am Morgen hatten sie ausgeschlafen und es hatte Waffelfrühstück gegeben, das so gut schmeckte, dass Janik sich schon lange fragte, warum man eigentlich meistens pappige Stullen zum Frühstück aß, wenn man stattdessen einfach ein paar Waffeln essen konnte. Sie waren danach zum Tierpark gefahren und hatten dort eine Wurst gegessen. Am Ausgang hatte er ein Zwergpinseläffchen aus Gummi geschenkt bekommen. Und statt einem Mittagsschlaf hatte Janik in der U-Bahn auf dem Schoß seiner Mutter geschlafen. Am Abend durfte er sogar noch fernsehen und sehr lange mit seinen Tieren spielen, bevor er seinen Schlafanzug anzog. Der Tag hätte perfekt sein können, wenn sich Janik nicht andauernd mit seinen Eltern über die Worte gestritten hätte. Bei fast allen Tieren und bei der U-Bahn-Station und auf dem

Rückweg und überhaupt hatten sie sich immer wieder darüber gestritten. »Das heißt nicht Etefant, das heißt *E-le-fant.*« Wenn es dieses Problem nicht gegeben hätte, dann hätte die Familie an diesem Sonntag Werbung für Margarine, mehr Kinderkriegen oder irgendetwas machen können, so gut hätten sie sich verstanden.

Janik holte ein Buch aus seinem Regal, setzte sich in seinem *Silver-Surfer*-Schlafanzug neben seiner Mutter auf das Sofa und ließ sich noch etwas vor dem Schlafengehen vorlesen. Es war eines seiner Lieblingsbücher mit vielen Bildern, Suchspielen und den schönen Klappen, hinter denen noch mehr Bilder waren. Das Buch handelte über die Feuerwehr, was die alles machte, mit welchen Autos sie fuhr und was sie für Kleidung trug. Janik hörte seiner Mutter gern zu und kuschelte sich ganz dicht an sie heran. Als sie etwas darüber vorlas, dass es in kleineren Orten die freiwillige Feuerwehr gibt und in größeren Städten die Berufsfeuerwehr, verbesserte sie Janik aus Gewohnheit: »Besuchsfeuerwehr«, sagte er schon etwas müde. »Nein, das heißt Be*rufs*feuerwehr«, sagte seine Mutter in dem üblichen bestimmten Tonfall.

Und da reichte es ihm. Er wollte sich keinen einzigen Sommersonntag mehr verderben, er wollte diese Diskussionen mit seinen Eltern nicht mehr führen, es war ihm einfach egal, ob es Betonmischer oder Kartonmischer hieß oder ob rote Feldblumen genauso hießen wie der Mond oder nicht. Janik beschloss, es zu lassen. Warum sollte er weiter versuchen, seine Eltern eines Besseren zu belehren. Schließlich waren sie dreißig Jahre älter als er, also schon ältere Leute, und man durfte sie nicht überfordern. Mit diesem Vorsatz ging Janik ins Bett.

Mit Kindern ist es nicht so wie mit Erwachsenen. Kinder können Vorsätze noch einhalten. Janik stritt sich nie wieder mit seinen Eltern über Worte. Er redete zwar auch nicht mehr so viel, aber wenn er etwas sagte, dann achtete er darauf, in der Sprache der Erwachsenen zu reden. Darüber schienen alle zufrieden zu sein, er hatte nie wieder besondere Schwierigkeiten und seine weitere Kindheit verlief auf angenehme Art ereignislos.

Nachdem er mit der Schule fertig geworden war, machte er keine Lehre. Er hatte auch keine Lust, weiter an eine Schule zu gehen, die Universität hieß oder sonst irgendetwas zu machen, was seine Klassenkameraden taten. Er hatte eine ganz andere Idee. Zuerst kaufte sich Janik ein Auto. Seine Omas und Tanten hatten ihm immer Geld für sein Sparbuch geschenkt und jetzt konnte er das Geld selbst ausgeben. Er fand ein altes, großes Auto, das nicht so teuer war, und kaufte es sich. Janik rief die Telefongesellschaft an und fragte, ob die Nummer zwischen 110 und 112 noch frei sei. Obwohl sich die zuständige Dame bei der Telefongesellschaft wunderte, war diese Nummer noch frei. Offensichtlich hatte vor ihm noch niemand daran gedacht, die 111 zu beantragen. Janik bekam sie und ließ sich von der Dame im Telefonbuch eintragen. Er kaufte sich eine Uniform, malte sein Auto an und dann lud er seine Eltern ein. Er wollte ihnen seine Arbeit zeigen.

»Hier«, sagte Janik stolz, als seine Eltern in der alten Turnhalle angekommen waren, wo er arbeitete. »Was ist denn hier?«, fragte sein Vater verwundert. »Hier ist meine Arbeit«, sagte Janik. »Und was machst du?« »Besuchsfeuerwehr«, sagte Janik. »Das heißt Be*rufs*feuerwehr«, entgegnete seine Mutter ohne nachzudenken. Es war noch die alte Gewohnheit. »Nein«, sagte Janik nachdrücklich. »Ich habe eine *Besuchs*feuerwehr gegründet.« »Und was soll das?«, fragte sein Vater. »Wenn jemand Besuch hat, der zu lange bleibt, oder wenn jemand Gäste hat, die sich langweilen, dann ruft er einfach die 111 an. Dann gehe ich ans Telefon, rutsche diese Rutschstange herunter und fahre zum Einsatzort.« Seine Eltern waren sprachlos. Als sie ihre Fassung wiedergefunden hatte, fragte seine Mutter: »Und was machst du da?« »Je nachdem, entweder breche ich nur die Tür auf oder ich schreie ein bisschen herum. Das belebt jede Feier. Oder ich komme mit meiner Drehleiter über das Fenster hinein und sprühe Wasser in die Wohnung. So kann man auch die hartnäckigsten Gäste vertreiben.« »Das klingt ganz gut«, nickte sein Vater bedächtig. »So eine Besuchsfeuerwehr hätte ich auch schon ganz gern ein paar Mal angerufen.« »Be*rufs*feuerwehr«, rutschte es seiner Mutter heraus. »Nein, das heißt *Besuchs*feuerwehr«, verbesserte sie Janiks Vater. »Du hast Recht«, sagte sie verwundert.

Dann gratulierten sie ihrem Sohn, wünschten ihm viel Erfolg mit seiner Arbeit und verabschiedeten sich. Janik beobachtete noch aus dem Fenster, wie sie sich vor seiner Firma kurz umdrehten und ungläubig mit den Köpfen schüttelten, bevor sie Arm in Arm ihren Heimweg unter den gelben Laternen antraten. Den Kartonmischer in seinem Büro würde er ihnen lieber erst beim nächsten Mal zeigen.

Als Charlotte verschwunden war

CHARLOTTE WAR EIN MÄDCHEN, dem keiner so leicht etwas vormachte. Was sie gelernt hatte, das hatte sie gelernt und was sie gelernt hatte, das konnte sie perfekt. Schon ihre Erzieherinnen im Kindergarten waren jeden Morgen vor Freude beinahe in Ohnmacht gefallen, wenn Charlotte von ihren Eltern gebracht wurde. Jedes Lied mussten sie ihr nur zwei Mal vorsingen und dann konnte Charlotte es auswendig, ein Mal für den Text und ein Mal für die Melodie. Nur zwei Mal hatten sie ihr die Toilette zeigen müssen und fortan hatte Charlotte keine Windeln mehr gebraucht, ein Mal für groß und ein Mal für klein. Als sie dann endlich in die Schule kam, konnten die Lehrer ihre Freude kaum fassen. Es gab keine andere Art, es richtig zu sagen: Charlotte war ohne Abstriche die perfekte Schülerin. Sie saß so in der Bank, wie es die Lehrerin vorgeschlagen hatte, mit geradem Rücken, den Blick aufmerksam nach vorn gerichtet und die Unterarme auf der Bank übereinander gelegt. Wenn sie sich meldete, streckte sie nicht ächzend ihren Arm nach oben oder schnipste gar wild herum. Nein, sie bewegte in aller Stille ihre rechte Hand nach oben, wobei sie eine viertel Kreisbewegung beschrieb, deren Kreismittelpunkt der auf der Bank ruhende Ellenbogen bildete. Dies war die von der Lehrerin vorgeschlagene Weise, aber selbst die Lehrerin hätte zugeben müssen, dass sich in ihren zwei Jahrzehnten als Grundschulpädagogin noch niemand jemals an diesem Vorschlag gehalten hatte. Selbst ausgewiesene Musterschülerinnen hatten diese Technik nur ein paar Tage lang angewandt und waren dann zum normalen Heben der Hand übergegangen, aber Charlotte war eben keine einfache Musterschülerin, sie war perfekt. Daher lohnt es sich auch nicht, einen detaillierten Bericht ihrer schulischen Leistungen abzuliefern, nicht einmal für ihre Bestnote im Sportunterricht brauchte auch nur ein einziges Auge zugedrückt werden.

Es muss spätestens an dieser Stelle gesagt werden, dass Charlotte ein durchaus sympathisches Mädchen war. Ihre schulischen Leistungen erbrachte sie ohne Mühe und nicht auf Kosten ihrer Mitschüler, die zwar nicht verstanden, wie sie das machte, was sie machte, aber das verstand schließlich keiner, insbesondere auch kein Erwachsener. Bei Hausaufgaben konnte man sie immer fragen und die wenigen Male, wenn sie einmal nicht als Mannschaftskapitän aufgestellt worden war, denn die Lehrer verwendeten einige Mühe darauf, ihre fast grenzenlose Zuneigung zu Charlotte notdürftig zu verbergen, wurde sie immer als Erste gewählt, weil ihre Mannschaft natürlich sehr selten verlor, die Art von selten, die man letztendlich als »nie« bezeichnen musste. Aber weil sie auch abgab und teilte und wohl auch wegen ihrer schönen blonden Haare, die sie meist in einem langen Pferdeschwanz trug, war

Charlotte in ihrer Klasse beliebt. Natürlich nicht bei den Radaubrüdern, die jede Schulstunde dazu missbrauchen wollten, ihre Possen zu reißen und möglichst derbe Späße auf Kosten des Lehrers zu machen. Charlotte verachtete diese Schüler von ganzem Herzen, weil sie den Ablauf des von ihr sehr geschätzten Unterrichts störten. Es konnte schon passieren, dass der Lehrer die Stunde unterbrach, um Richard oder Merlin vor die Tür des Klassenzimmers zu stellen.

In der verlorenen Zeit, während sie auf die Rückkehr des Lehrers warteten, hätte Charlotte vielleicht etwas über das Sonnensystem lernen können, das von besonderer Wichtigkeit war, aber nun nie wieder zur Sprache kommen würde. Sie sagte zwar niemals etwas, weil die Disziplinierung ihrer Mitschüler schließlich nicht ihre Aufgabe, sondern die der Lehrer war, eine Auffassung, die einen weiteren Grund dafür darstellte, dass Charlotte in ihrer Klasse recht beliebt war, aber trotzdem fand sie das Verhalten von Richard und Merlin unmöglich. Warum sie überhaupt in die Schule kamen, war ihr nicht klar.

In jedem Fall wurde sie von den anderen Schülern häufig zu Geburtstagsfeiern eingeladen und verteilte selbst anlässlich ihres eigenen Geburtstages eine ansehnliche Menge handgeschriebener Einladungskarten auf hellrotem Papier. Das gehörte dazu und war etwas, das Kindern Spaß machen sollte, aber Charlotte musste tief in ihrem Inneren zugeben, dass ihr Geburtstagsfeiern nicht besonders gefielen. Natürlich mochte sie die Geschenke, den Kuchen und den vielen Besuch. Sie freute sich auch darüber, dass sie an diesem Tag das rote Kleid mit den Perlen anziehen durfte, das sie am liebsten jeden Tag getragen hätte. Was Charlotte an Geburtstagsfeiern nicht mochte, waren die Spiele. Denn Spiele waren etwas, das man niemals perfekt konnte. Die Augen wurden einem verbunden, man sollte eine Tafel Schokolade mit Messer und Gabel auspacken, nachdem man sich zwei Paar dicker Handschuhe angezogen hatte und ähnlichen Schabernack machen. Niemand machte es richtig oder falsch, man spielte nur miteinander. Und obwohl Charlotte sehr häufig bei allen Spielen gewann, war sie doch unzufrieden damit, dass es immer wieder von Neuem ausprobiert werden musste. Sie lag häufig nach solchen Geburtstagen noch lange wach und grübelte über diese merkwürdigen Spiele nach.

Eines Tages, beim Geburtstag von ihrer besten Freundin Lena, passierte es dann. Lena hatte im Mai Geburtstag, was ein sehr guter Monat für Geburtstage ist. Niemand hatte Ferien, sodass man alle Freunde einladen konnte, trotzdem war es warm, sodass man draußen spielen konnte. Nachdem sie allen Kuchen aufgegessen hatten, schlug Lena vor, dass sie alle hinausgehen sollten. Alle Gäste stürmten heraus. Auf dem Hof schlug Charlotte vor, ob sie nicht Verstecken spielen wollten? Keiner hatte etwas dagegen, also zählten sie ab, Lukas war als Erster mit dem Suchen an der Reihe, er stellte sich hinter einen Baum und zählte laut ab, während die anderen auseinander liefen, um sich zu verstecken. Lena rannte hinter einen Holunderbusch, Max kletterte auf einen Baum, Maxi hockte sich hinter eine Bank und so weiter. Nur wo Charlotte hingegangen war, das hatte keiner gesehen. Als Lukas fertig gezählt hatte, fing er mit dem Suchen an. Manche Kinder konnten sich rechtzeitig erlösen, andere entdeckte Lukas und schlug sie ab. Zum Schluss waren alle wieder da, außer Charlotte.

Am Anfang amüsierten sich die anderen Kinder über Lukas' Pech beim Suchen. Verstohlen hielten sie auch nach Charlotte Ausschau, wollten Lukas aber nichts verraten. Aber als es immer später wurde und Charlotte nicht zu finden war, halfen sie Lukas schließlich beim Suchen. Sie riefen laut Charlottes Namen, guckten hinter jedem Busch und in jedem noch so kleinen Erdloch. Doch sie konnten sie nicht finden. Sie riefen laut, sie könne sich ruhig zeigen, sie habe ohnehin schon gewonnen und jemand anders, nämlich Maxi, sei als Nächste mit dem Suchen an der Reihe. Aber es nutzte nichts. Charlotte blieb verschwunden. Als es zu dämmern begann, wurde es ihnen unheimlich. Sie gingen zu Lena nach Hause und erzählten, was geschehen war.

»Hallo«, rief währenddessen Charlotte ganz laut und das Echo dieses Wortes kam hundertfach zu ihr zurück. Es war nicht gerade sehr schön hier, ein ziemlich dunkler, hallender Raum. »Hallo«, rief Charlotte noch einmal. »Hallo«, tönte das Echo in vielen Stimmen, aber es kam ihr so vor, als ob eine der Stimmen kein Echo war. »Ist da jemand?«, fragte Charlotte. »Ja, hier drüben«, sagte eine Stimme von hinten. Charlotte fürchtete sich nun doch ein wenig. »Wer bist du?«, fragte sie die Stimme, denn bevor sie sich einen Schritt fortbewegte, wollte sie entscheiden, ob sie zu der Stimme hingehen sollte oder ob genau der andere Weg der richtige war. »Ich bin genau wie du«, sagte die Stimme. »Das glaube ich nicht«, erwiderte Charlotte. »Wie kannst du so sein wie ich?« »Wenn ich nicht so wie du wäre, dann würden wir nicht beide hier sein.« »Aber wo sind wir?« »Wo werden wir schon sein? An dem Ort, den wir beide gesucht haben: im perfekten Versteck. Hier kann uns niemand finden, genau wie wir uns das überlegt hatten.« »Niemand, bist du dir da wirklich sicher?« »Absolut niemand«, sagte die Stimme überzeugt. »Hier findet uns nicht einmal die alte Tante Frieda, wenn sie uns ein feuchtes Küsschen geben will. Du weißt, welche Art von Tante ich meine: Die einen immer und überall findet, wenn sie einem ein Küsschen geben will.« »Ich weiß genau«, seufzte Charlotte. Sie hatte sich jetzt entschieden, zu der Stimme hinzugehen. Sie ging um ein paar Ecken herum, meistens links, aber manchmal auch rechts herum und plötzlich stand sie einem anderen Mädchen gegenüber.

Das andere Mädchen musste etwa so alt wie Charlotte sein, höchstens ein bisschen älter, wie Charlotte fand. Sie trug ein hellgrünes Kleid mit Blumen, das genauso gut aussah wie Charlottes hellblaues Kleid, höchstens ein bisschen besser. Die beiden sahen sich eine kleine Weile lang an. »Ich heiße Friederike«, sagte das andere Mädchen. »Charlotte«, sagte Charlotte. »Wie hast Du hierher gefunden?«, fragte Friederike. »Durch Überlegen«, antwortete Charlotte. »Ich habe sehr lange darüber nachgedacht, wo man sich wirklich verstecken könnte und dann bin ich darauf gekommen. Ich habe noch nie vorher so lange über etwas nachdenken müssen.« »Ich auch nicht«, seufzte Friederike. »In welche Klasse gehst du?« »In die vierte. Aber nur, weil meine Eltern nicht wollen, dass ich eine Klasse überspringe. Sie sagen, das wäre nicht gut für meine Entwicklung.« »Meine auch. Aber wenn ich schon in die fünfte gehen würde, dann müsste ich womöglich mehr im Unterricht nachdenken und hätte nicht so viel Zeit gehabt und dann wäre ich vielleicht nicht hier.« »Ich verstehe«, sagte Charlotte. Der Ort war zwar das perfekte Versteck, aber keinesfalls der perfekte Ort. »Wo bekommt man hier etwas zu essen?«, fragte Charlotte. »Keine Ahnung«, sagte Friederike. »Ich probiere nicht darüber nachzudenken, aber ich kann nichts dagegen tun. Ehrlich gesagt, habe ich schon gedacht, dass es keinen logischen Grund gibt, warum es im perfekten Versteck etwas zu essen geben sollte. In einem perfekten Versteck verschwindet man und dann ist man weg. Und das heißt ...« Friederike brach mitten im Satz ab, aber Charlotte hatte schon verstanden. Wenn sie hier sterben mussten, würde es wirklich das perfekte Versteck gewesen sein. Sie sahen einander betreten an.

»Und, findest du es auch immer so langweilig in der Schule?«, sagte Charlotte irgendwann mitten in die Stille hinein. Sie wollte auf andere Gedanken kommen. »Sterbenslangweilig«, stimmte Friederike zu. »Ich habe das Gefühl, dass sie das richtige Wissen vor uns verborgen halten und uns nur die leichten Sachen beibringen. Wahrscheinlich gibt es irgendeine schreckliche Wahrheit, von der man erst als Erwachsener erfahren darf.« »Das habe ich auch schon gedacht«, bestätigte Charlotte. »Oder vielleicht wollen sie uns in Sicherheit wiegen, lassen uns erst nur die einfachen Sachen lernen und dann in der fünften geht es plötzlich los, alles wird schwer und wir schaffen es nicht mehr, weil wir schon faul geworden sind. So eine Art Erziehung.« »Das kann auch sein«, sagte Friederike. Dann sagten beide wieder nichts. Betrübt grübelten beide vor sich hin. Charlotte wusste nicht, was Friederike dachte, aber sie selbst dachte an ihre Eltern und ihre Klasse und an Lena und die Geburtstagsfeier und wie entsetzlich sie es bedauerte, das perfekte Versteck gefunden, anstatt sich wie üblich hinter der alten Hoftür versteckt zu haben. Sie konnte sich aber vorstellen, dass Friederikes Gedanken nicht besonders anders waren. Stille.

»Mir ist etwas eingefallen«, verkündete Charlotte. Sie sah plötzlich wieder so optimistisch und aufgeräumt wie immer aus. »Was?«, fragte Friederike erschrocken, die froh war, etwas aus ihrem Trübsal aufgeschreckt worden zu sein. »Wir wollten doch das perfekte Versteck finden?« »Ja.« »Und wo sind wir?« »Im perfekten Versteck.« »Und mit wem unterhältst du dich gerade?« »Mit dir.« »Und wo hast du mich getroffen?« »Hier.« »Wo?« »Na hier, im perfekten Versteck.« »Und?«, fragte Charlotte nun triumphierend. »Kann man in einem perfekten Versteck jemanden treffen?« »Nein«, sagte Friederike. »Du hast Recht. Unsere Überlegungen müssen irgendwo einen Fehler haben.« Überglücklich umarmte sie Charlotte.

Ein paar Viertelstunden später tauchte Charlotte bei Lena zu Hause auf. Weil ihr die wirkliche Geschichte niemand glauben wollte, und weil Charlotte auch niemanden in Gefahr bringen wollte, wer weiß, ob es auch jemandem anders gelungen wäre, aus diesem beinahe perfekten Versteck herauszufinden, schließlich hatten es die zwei klügsten zehnjährigen Mädchen zusammen nur ganz knapp geschafft, sagte sie einfach, dass ihr noch etwas Wichtiges eingefallen war, weshalb sie noch einmal in die Schule gehen gemusst hatte. Das glaubte ihr zwar so richtig keiner, aber weil sie wieder da und gesund war, war es eigentlich auch gleichgültig. Sie machten noch ein paar Anrufe, ihre Mutter kam bei Lena vorbei, um Charlotte abzuholen. Vorher feierten sie aber noch eine Weile miteinander Geburtstag.

Jakob Hein

Mein erstes T-Shirt

Mit einem Vorwort von Wladimir Kaminer. 152 Seiten. Piper Taschenbuch

Fernsehuhren mit und ohne Striche, die erste Liebe, das erste T-Shirt – hintersinnig und witzig erzählt Jakob Hein von Jakob Hein, einem Jugendlichen im ganz normalen Wahnsinn der letzten DDR-Jahre: ein Alltag unter verschärften Bedingungen und voll der Sehnsucht nach Cola, Netzhemd, Westfernsehen und stilvollen Besäufnissen mit Kuba-Rum in sturmfreien Partybuden. Hier hat sich einer gekonnt den verordneten Grenzen entzogen und seine Freiheit gewahrt.

»Er hat als versierter Stolperer einen Sinn für Situationskomik und versteht es, im Alltäglichen die schrägen Momente zu entdecken.«
Süddeutsche Zeitung

05/1468/02/L

Jakob Hein

Herr Jensen steigt aus

Roman. 144 Seiten. Piper Taschenbuch

Ist es die hohe Kunst des Nichtstuns, die Herrn Jensen treibt, oder verfolgt er nicht doch einen geheimen Plan? Als Briefträger schiebt er tagtäglich beinah liebevoll Post in die Schlitze der Kästen. Eines Tages freigestellt, verläßt er seine Wohnung immer seltener. – Nicht das Alltägliche, nicht der Wahnsinn interessieren Jakob Hein, es ist der schmale Grat dazwischen. Seine kurze Geschichte von Herrn Jensen lotet mit großer Konsequenz die Tragik eines wunderlichen Lebens ebenso aus wie dessen unerhörte Komik.

»Ein wunderbares Buch. Das müssen Sie lesen!«
Hape Kerkeling in »Lesen!«

05/2152/02/R

Jakob Hein

Antrag auf ständige Ausreise

Mythen der DDR. 160 Seiten mit 30 Illustrationen von Atak. Piper Taschenbuch

Erich Honecker wollte seine sozialistische Heimat in Richtung Westen verlassen und soll dazu einen förmlichen Ausreiseantrag gestellt haben? Im legendären Transitabkommen hat es eine teuflische Geheimklausel gegeben, nach der die DDR westdeutsche Kinder bei Verlassen der Transitautobahn automatisch zur Adoption freigeben durfte? Die Geschichte der Deutsche Demokratischen Republik steckt voller unglaublicher Geschichten – die unerhörtesten davon versammelt der Schriftsteller und gebürtige Leipziger Jakob Hein in diesem Buch!

»Das ist ein Schreiben, das auf der Achse Robert Gernhardt, Eckhard Henscheid, Max Goldt liegt.«
Tagesanzeiger

05/2153/02/L

Jakob Hein

Vielleicht ist es sogar schön

176 Seiten. Piper Taschenbuch

Hätte er die Zeit gehabt nachzudenken, Jakob Hein hätte seiner Mutter nur diesen Satz gesagt: »Stirb nicht, es ist doch viel zu früh.« Er hat es nicht getan. Über die Erinnerung an sie und die gemeinsamen Erlebnisse stellt er noch einmal die alte Nähe zu ihr her. »Vielleicht ist es sogar schön« ist klug, wütend und tröstlich zugleich. Jakob Hein erzählt die Geschichte eines langsamen Abschiedes und verbindet die literarische Erinnerung an seine Mutter mit dem Porträt einer außergewöhnlichen Familie.

»Immer berührend, nie pathetisch, immer würdig, nie weihevoll.«
Stern

05/1893/02/R

Harry Rowohlt erzählt dem irischen Lebemann und beliebten Kolumnisten Ralf Sotscheck sein ganz und gar ungewöhnliches Leben in seiner unnachahmlich witzigen und pointierten Weise.

»Harry Rowohlt hat einen ausgefeilten Sinn fürs extra Komische.« (Der SPIEGEL)

www.edition-tiamat.de